이끼밭의 가이아

이끼밭의
가이아

최영희 지음

씨드북

차례

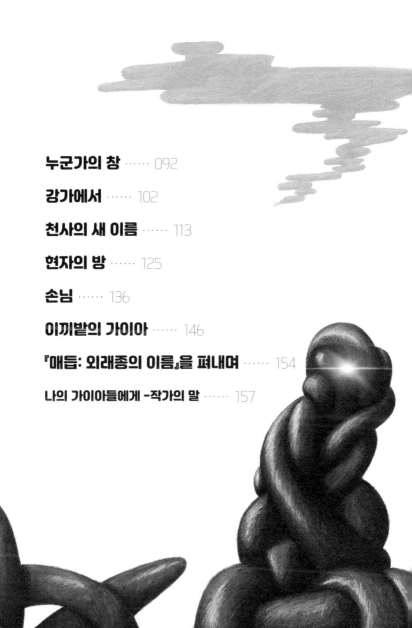

헤시오도스의 『신통기』에 따르면 천지창조는
대지의 여신 가이아가 하늘의 신 우라노스를
만드는 것으로 시작된다.

-작가의 말 중에서

천사의 빛깔

　어제는 돔의 북쪽 창들에 암막 커튼이 내려졌으니 오늘은 돔의 남쪽 창들을 가릴 차례였다.

　천사 강림절을 앞두고 인간의 두 눈을 차례로 가린다는 뜻을 담은 사전 예식이었다.

　가이아는 커튼의 매듭을 풀다 말고 창밖을 내다보았다. 시야가 닿는 곳 어디나 노란 이끼밭뿐이었다. 천사님의 노란 이끼들이 어른 무릎 높이로 자라나 평원과 구릉지대를 뒤덮고 있었다. 천사 강림 이전의 구인류는 지구를 푸른 행성이라 불렀다는데 이제 돔 밖에서는 초록빛을 찾아 보기가 힘들었다. 촌장님 말로는 먼바다도 천사님이 새로 뿌린 플랑크톤으로 차츰 누레지고 있다고 했다. 초록빛이 사라지면서 구인류가 귀한 줄도 모르고 들이마시던 산소도 희박해졌다. 그래도 천사님이 신인류의 시조들에게 안전한 돔을 짓게 하신 덕에 인간은 숨을 쉬고 삶을 이어 가는 중이었다.

"가이아, 뭘 그리 멍하니 섰어? 내 이럴 줄 알고 와 봤다니까!"

딜라 언니가 커튼을 확확 풀어 젖히며 말을 이었다.

"빨리 끝내고 농장에 가야지. 관리인한테 괜히 혼나지 말고."

딜라는 가이아의 룸메이트이자 돔의 화덕에서 일하는 제빵사였다. 한창 화덕에서 빵을 굽고 있어야 할 시간이지만 가이아가 걱정되어 달려온 모양이었다. 사실 커튼 치는 일은 돔의 코흘리개들도 할 수 있는 것이었고 가이아는 농장 관리인이 야단을 치건 말건 눈 하나 깜짝 안 하는 성격이었다. 그런데도 딜라가 일하다 말고 가이아를 보러 온 것은 저만치서 커튼을 꿰매고 있는 마지 때문이었다.

마지는 가이아가 닫은 커튼을 실로 꿰매며 따라오고 있었다. 커튼 틈새가 벌어지지 않도록 봉합을 하는 것이었다. 촌장님이 시킨 일을 하고 있을 뿐이니 작업 자체는 딜라가 걱정할 구석이 없었다. 문제는 차림새였다. 마지는 가이아와 똑같은 옷을 입고 있었고 심지어 머리 모양까지 일치했다. 몇 달 전부터 마지는 병적으로 가이아를 따라 하고 있었다. 식당에서도 가이아가 먹는 대로 먹었다. 가이아가 삶은 감자에 소금을 쳐서 먹으면 자기도 그렇게 먹었고, 숟가락으로 감자를 으깨서 허브 가루를 뿌리면 자기도 다급히 숟가락으로 감자를 짓이기기 시작했다. 가이아가 스카프를 두른 날에는 자기도 얼른 스카프를 두르고 나왔고 가이아가 머리를 올려 묶으면 어느 틈에 마지도 포니테일을 하고 나타났다.

"촌장님은 왜 하필 너랑 쟤한테 이 일을 맡긴 거야?"

딜라가 다 들리는 소리로 구시렁거렸다. 가이아는 뚱한 얼굴로 어깨만 으쓱해 보였다. 촌장님 눈에는 아직도 가이아가 마지 언니만 졸졸 따라다니던 어린애로 보이는지도 몰랐다. 작년까지만 해도 친자매처럼 붙어 다녔으니 그럴 만도 했다.

툭! 투둑! 뭔가 떨어지는 소리에 돌아보니 마지가 허리를 구부린 채 뭔가를 줍고 있었다. 목에 걸고 있던 반짇고리에서 실패들이 쏟아져서 이리저리 구르고 있었다.

가이아는 저도 모르게 실패들이 굴러가는 쪽으로 몸을 틀었다. 딜라가 가이아의 팔을 잡아끌며 야단했다.

"알아서 줍게 내버려 둬. 네가 이러니까 맨날 쟤한테 당하는 거야. 정신 차려!"

가이아가 마지막 커튼을 내리자 천사님의 노란 이끼 밭이 시아에서 사라졌다.

"끝났으면 얼른 가자!"

딜라는 가이아의 손을 잡아끌고 돔의 이동 통로로 갔다. 그러고도 마음이 안 놓이는지 가이아의 눈을 들여다보며 일렀다.

"마지는 너한테서 모든 걸 뺏으려고 저러는 거야. 네 인생까지 다 털어 가려는 거라고!"

딜라가 떠난 뒤 가이아는 마지를 돌아보았다. 커튼을 꿰매고 있을 줄 알았는데 마지의 푸른 눈은 가이아를 향해 번뜩이고 있었다. 가이아도 얼굴을 일그러뜨리며 그 눈빛을 받아쳤다. 딜라의 충고가 아주 과장된 것만은 아니었다.

마지는 이미 가이아의 것을 훔친 전력이 있었다. 그건 열일곱 살 생일에 가이아의 차지가 되어야 했던 이름이었다.

　노란 이끼의 시대에 태어난 신인류는 '천사의 빛깔'인 노란색을 품은 이름을 가져야 했다. 딜라 언니의 이름은 노란 꽃이 피는 허브 '딜'을 뜻했다. 촌장의 이름 헬리안투스는 해바라기의 학명 '헬리안투스 안누스'에서 가져왔고, 도리깨를 만드는 대장장이 모링가 영감의 이름은 노란 꽃이 피는 낙엽성 관목의 이름에서 따온 것이었다. 가이아처럼 천사의 빛깔과는 무관한 이름을 가진 경우에는 성인이 되는 열일곱 살 생일에 이름을 바꿀 수 있었다.

　사실 가이아는 열두 살쯤에 이미 어른들 몰래 '오에노테라'라는 이름을 지어 두었다. 오에노테라는 고대 그리스어로 달맞이꽃이라는 뜻이었다. 하지만 지난해 여름 마지가 그 이름을 냉큼 가로채 갔다. 자신의 열일곱 번째 생일에 오에노테라를 제 이름으로 등록해 버린 것이다. 그 일로 가이아가 잃은 것은 이름만이 아니었다. 그날 가이아는 사랑하는 친구를 잃었다. 마지 언니는 가이아가 오에노테라라는 이름을 이야기한 유일한 사람이었다.

일터인 감자 농장에 도착하자 러비지 아주머니가 알은척을 해 왔다. 아주머니와는 같은 농장에서 5년이나 같이 일했으니 친구라면 친구인 셈이었다.

"가이아, 너도 이번 강림절 축제에 가지?"

"네."

원래 선사 강림절 축제는 성인들만 참석할 수 있지만 가이아처럼 열일곱 번째 생일을 앞두고 있는 사람에게도 참석할 자격과 의무가 주어졌다.

"그래, 이름은 뭘로 할지 정했어?"

"아직이요. 그래도 원칙은 정했어요."

"원칙? 노란색이 들어 있어야 한다는 것 말고 다른 게 또 있어?"

"망고 같은 시시한 이름을 짓느니 죽어 버리고 말겠다, 뭐 그런 거요."

그 말에 러비지 아주머니는 가이아의 팔뚝을 건드리며 웃었다. 감자를 빼돌리는 거 아니냐, 겨우 세 수레 나르고선 다섯 수레라 우기는 거 아니냐, 툭하면 애먼 소리를 해 대는 농장 관리인의 이름이 망고였던 것이다. 오늘도 망고는 농장 서쪽 끝자락에서 어린 일꾼 하나를 붙잡고 삿대질을 하고 있었다.

저녁나절, 숙소로 돌아온 가이아는 긁개로 손톱 밑의 흙을 파내며 엄마를 생각했다. 엄마라면 이름을 같이 고민해 주었을 것이다. 하지만 엄마는 작년 이맘때 천사님의 이끼밭을 연구하러 나갔다가 목숨을 잃었다. 이끼밭에서 포자 덩어리가 폭발하는 사고가 있었다는데 그 이상은 가이아도 알지 못했다. 포자 덩어리의 정체가 무엇이었는지, 왜 나머지 일행은 멀쩡한데 엄마만 목숨을 잃었는지 알려 주는 이가 없었다. 헬리안투스 촌장님마저도 하나 마나 한 소리만 늘어놓았다.

"혹시라도 그 일로 천사님을 원망하는 일은 없어야 한다, 가이아."

천사님을 향한 원망 같은 건 품어 본 적도 없는데 촌장은 몇 번이나 그리 말했다.

손톱 정리를 마치고 씻을 채비를 하고 있을 때 딜라 언니가 돌아왔다. 종일 제빵소에 있다 온 언니에게선 달착지근한 빵 냄새가 났다.

일찌감치 하루치 빵을 다 구운 날이면 딜라는 감자 농장 일을 돕기도 했다. 하지만 가이아는 딜라가 농장에

오는 걸 달가워하지 않았다. 손을 절대 다쳐선 안 되는 제빵사에게 괭이나 쇠스랑을 쥐어 줄 수도 없고, 그렇다고 가시가 있을지도 모르는 흙을 뒤적이게 할 수도 없는 노릇이었다. 가이아는 감자밭에서 거치적거리는 딜라보다 지금처럼 빵 냄새를 풍기는 딜라를 더 좋아했다.

"이틀만 있으면 너도 천사님을 뵙겠네. 정확히는 천사님이 널 보시는 거지만."

딜라도 공동욕실에 갈 준비를 하며 말했다. 언니가 먼저 천사님 이야기를 꺼낸 건 처음이었다. 그동안은 이야기가 천사님 근처로만 흘러가도 손사래부터 치던 터였다. 가이아는 어른 대접을 받는 것 같아서 기분이 우쭐해졌다. 강림절 축제에 다녀와 성인식을 치르고 나면 가이아도 천사님에 대해 이야기할 수 있고, 어른들만 모이는 돔 회의에도 참석할 수 있게 된다.

"언니, 천사님은 뭐 먹고 살아? 우리처럼 빵 굽고 감자 찌고 그러진 않을 거 아니야."

가이아가 목욕 바구니를 집어 들며 말했다.

"그런 건 궁금해하는 게 아니야."

"자기가 먼저 천사님 이야기를 꺼냈으면서."

딜라는 가이아의 목에 수건을 걸어 주며 볼멘소리를 끊었다.

"천사님에 대해선 차차 배우게 될 거야. 이틀만 기다려."

공동욕실은 일을 마치고 돌아온 사람들로 붐볐다. 샤워장 천장에는 신인류의 지구를 상징하는 금빛 구체가 매달려 있었다. 가이아는 엄마의 연구실 벽에 걸려 있던 푸른색 지구 그림을 떠올렸다. 사실 지구가 푸른 행성이건 금빛 행성이건 가이아에게는 아무 상관도 없었다. 하지만 엄마가 노란 이끼밭에서 죽은 일은 목에 걸린 가시처럼 쉽게 삼켜지지 않는 의문이었다. 엄마는 감자와 완두콩 품종 개량을 담당하던 생물학자이자 이끼밭 전문가였다. 그런 엄마가 겨우 이끼 포자 덩어리 폭발에 당했다는 게 이해가 되지 않았다. 엄마의 일을 곱씹다 보니 가이아의 뇌리에 이름 하나가 맺혔다.

야로우!

그리운 엄마의 이름이자 가이아를 골치 아픈 문제에서 해방시켜 줄 이름이었다.

가이아는 얼른 몸의 물기를 털어 내고 옷을 주워 입

은 뒤 촌장의 집무실로 달려갔다.

엄마가 죽은 뒤로 그 이름을 사용하는 사람은 없었다. 가이아가 아는 한 부모의 이름을 물려 쓰면 안 된다는 규칙도 없었다. 게다가 야로우는 예쁜 이름이었다. 야로우는 노란 꽃이 피는 서양톱풀이다. 톱날처럼 뾰족뾰족한 잎사귀를 지닌 탓에 톱풀이라는 이름을 얻었지만 생긴 모양과 다르게 촉감이 매우 부드럽다고 했다. 엄마의 연구실에 있던 구인류의 식물학 책들을 뒤적이다 알게 된 사실이었다. 그 책들의 행방은 아쉽게도 알 길이 없게 되었다. 엄마의 다른 짐들과 함께 모조리 사라져 버렸으니까. 야로우라는 이름은 엄마의 유일한 유품인 셈이었다.

"촌장님, 정했어요! 드디어 정했다고요!"

가이아는 촌장의 사무실로 뛰어들었다.

"이름이요! 성인이 되면 쓸 이름을 정했어요."

"듣던 중 반가운 소리구나. 그래, 천사님의 빛깔을 품은 새 이름은 뭐냐?"

"야로우! 엄마 이름을 물려받으려고요."

그 이름으로 살아갈 생각을 하자 가이아는 목 안이

뜨거워졌다. 하지만 촌장의 얼굴은 차차 굳어져 갔다.

"미안하구나, 가이아. 그 이름은 쓸 수 없다."

"왜요? 혹시 누가 그 이름으로 등록을 했나요?"

"그래서가 아니다. 야로우가 규칙에 위배되는 이름이기 때문이야."

"규칙이라니요?"

"천사님께 죄를 지은 자의 이름은 영원히 폐기된다."

"천사님께…… 죄를 지은 자요?"

"그래, 네 엄마는 죄인이었다."

풀과 이끼밖에 모르던 엄마가 천사님께 무슨 잘못을 저질렀단 말인가. 어처구니가 없어서 속이 상하지도 눈물이 나지도 않았다. 그저 터덜터덜 숙소로 가는데 저편에서 통로 모퉁이를 돌아 나오는 마지가 보였다. 가이아와 같은 옷을 입고 젖은 단발머리까지 따라 하고서는 뭔가 할 말이 있는 듯한 얼굴로 가이아를 쳐다보고 있었다. 그 꼴을 보자 그제야 감정들이 터져 나오기 시작했다. 가이아는 가슴이 답답하고 슬프고 성이 나고…… 참을 수 없을 만큼 역겨웠다.

"무슨 꿍꿍이야! 이름 말고 또 뭘 뺏어 가게?"

"가이아……."

"꺼져! 죽여 버리기 전에!"

가이아는 마지의 발치에 침을 뱉어 놓고 숙소로 뛰었다.

비밀이 담긴 선물

가이아는 저녁도 거른 채 이불을 뒤집어쓰고 누워 있었다. 촌장의 무거운 음성이 뇌리를 꽉 채우고 있어서 아무것도 할 수가 없었다.

엄마는 단순히 천사님의 이끼밭을 연구하다가 사고를 당한 게 아니라 했다.

"네 엄마는 천사님의 뜻에 반하는 행동을 했어. 불경한 죄를 저지르다 사고가 난 것이어서, 곁에 있던 사람들도 네 엄마를 도와줄 수 없었다."

엄마가 구체적으로 무슨 죄를 지었는지는 알려 주지 않았다. 그저 '네가 알아서 좋을 게 없는 일'이라고만 했다.

"그날부로 '야로우'는 사용 가능한 이름 목록에서

영원히 지워졌다. 네가 엄마의 이름을 물려받겠다고 고집만 피우지 않는다면 나도 지금껏 그래 왔듯이 네 엄마의 죄를 묻어 둘 것이다."

가이아로선 선택의 여지가 없었다.

엄마가 천사님께 죄를 짓고 죽었다는 이야기가 돔 전체에 퍼져 나가게 둘 수는 없었다. 촌장의 말을 곧이곧대로 믿는 건 아니었지만 학자로 살다 간 엄마의 명예를 지켜 주고 싶었다.

다음 날 아침, 가이아가 감자 농장에 갈 채비를 하는데 모링가 영감이 찾아왔다.

모링가는 가이아에게 길쭉한 물체가 든 자루를 건네주었다.

"네 것이다, 가이아."

자루의 매듭을 풀자 1.5미터쯤 되는 금속 막대가 나왔다. 구리와 아연의 합금인지 노르스름한 빛이 돌았고, 끝에는 징이 박힌 가죽끈이 대여섯 가닥 고정되어 있었다. 도리깨였다. 도리깨는 천사 강림절 축제에 꼭 필요한 도구였다.

"너도 올해부터 강림절 축제에 참여한다기에 만들어

봤다. 창고에 있는 도리깨를 빌려 쓸 수도 있겠지만 네 엄마를 생각하면 너만의 도리깨를 만들어 주어야 할 것 같았다."

"우리 엄마요?"

"그래. 야로우와 나는 말이 제법 잘 통하는 벗이었다."

모링가는 도리깨 사용법을 일러 주는 척하며 귀엣말을 이어 갔다.

"야로우는 서쪽 강 주변을 조사하다가 뭔가를 발견했단다. 그걸 조금 더 연구하면 천사님께 이끼밭을 돌려받을 수 있다고 했어."

"이끼밭을 돌려받는다는 게 무슨 뜻이에요?"

"나도 모른다. 네 엄마가 서쪽 강에서 찾아낸 게 무언지, 마지막까지 찾으려 했던 답이 무언지 궁금했다만, 네 엄마는 돌아오지 못했고 나는 나대로 발이 묶였단다. 네 엄마가 죽은 뒤로 촌장이 나를 돔 안에 구금시켰거든."

"왜요?"

"사고가 있고 나서 촌장은 야로우가 죽기 직전에 만났던 사람들을 찾아냈다. 세 사람의 이름이 나왔지. 당연히 그중 둘은 너와 마지였다."

마지의 부모가 죽은 뒤 야로우가 후견인을 자처했고, 그 덕에 마지와 가이아는 친자매처럼 자랐다. 모링가가 주름진 손으로 마른세수를 하고는 말을 이었다.

"그리고 나머지 하나가 나였다. 촌장은 야로우와 내가 불경한 정보들을 주고받았다고 의심하고 있어. 하지만 맹세코 방금 말한 것 이상은 아는 것도 들은 것도 없단다. 촌장이 구금형을 풀어 줄 생각이 없는 듯하니 이번 강림절에도 탁아소 아기들을 돌보는 일은 내 몫이 되겠구나."

강림절 행사는 걸을 수 있는 성인이면 모두가 참석하는 게 원칙이지만 예외로 한 명은 남겨 두어 돔과 아이들, 병자들을 지키게 했다.

가이아가 도리깨를 다시 자루에 집어넣고 있을 때 뿔나팔 소리가 돔을 가득 채웠다.

강림절을 앞두고 촌장이 나팔을 분다는 건 돔의 레이더에 드디어 천사님의 비행선이 포착되었다는 뜻이다. 천사님은 1년 만에 가이아네 돔과 그 주변 땅을 시찰하러 날아오고 있었다. 강림절의 시작을 알리는 나팔 소리가 울리면 예를 갖추어야 한다. 모링가와 가이아는 무릎을 꿇고 두 손을 모았다.

"도리깨를 꼭 지니고 다녀야 한다, 가이아."

5분쯤 지나자 다시 한번 나팔 소리가 울렸다. 이제 일어나도 좋다는 신호였다. 사람들이 몰려오는 소리가 들리자 모링가는 급히 자리를 떴다. 가이아는 노인의 뒷모습과 도리깨를 번갈아 보다가 제 방으로 다시 뛰어 들어갔다. 다행히 딜라는 새벽같이 빵을 구우러 가고 없었다.

가이아는 침대에 걸터앉아서 도리깨를 살펴보았다. 보통 도리깨보다 확실히 단단해 보였다. 어른들이 천사님의 이끼밭에 가져가는 도리깨는 나무 손잡이에 인공 가죽 채찍을 묶어 놓은 형태였다.

본래 도리깨는 구시대의 인류가 주로 곡식을 털 때 사용하던 농기구였다. 하지만 신인류에게 도리깨는 노란 이끼의 포자를 퍼뜨리는 신성한 도구다. 도리깨로 이끼밭을 내리쳐서 노란 이끼의 포자를 멀리 날려 보내면 구시대의 경작지나 강변, 아스팔트와 건물 옥상에도 노란 이끼들이 돋아난다. 이번 강림절 축제 때는 가이아도 도리깨질에 참여할 터였다.

가이아의 도리깨가 창고의 도리깨들과 다른 점이 또 있었다. 금속 막대 중간에 음각으로 문양이 새겨져 있었다. 역삼각형 틀 안에 작은 동그라미가 들어찬 형태였다.

"이건……."

가이아는 모링가 영감이 무엇을 표현하려고 했는지 알 것 같았다. 야로우의 딸이라면 모를 수가 없는 문양이었다. 야로우가 보고서 같은 곳에 사인 대신 그려 넣던 그림이었다. 야로우 꽃을 역삼각형과 자잘한 동그라미들로 단순하게 표현한 것이었다. 그제야 가이아는 "네 엄마를 생각하면 너만의 도리깨를 만들어 주어야 할 것 같았다"는 모링가의 말이 이해되었다. 그건 세상을 떠난 벗을 대신해 그 딸에게 도리깨를 만들어 주고 싶었다는 게 아니었다.

엄마에게도 이런 형태의 도리깨가 있어야 했다는 뜻이다. 모링가는 야로우에게 도리깨를 만들어 주지 못한 일을 자책하고 있었던 것이다.

가이아는 엄마를 상징하는 꽃문양을 손끝으로 긁어

보았다. 그때 딸깍 소리와 함께 손잡이의 일부가 서랍 형태로 튀어나왔다. 그 안에는 용도를 알 수 없는 거울이 붙어 있었다. 가이아는 거울을 도로 밀어 넣고는 황동 막대의 다른 부분을 살펴보았다. 막대의 아래쪽 끄트머리에도 야로우 문양이 있었다. 혹시나 하는 마음에 건드려 보니 이번에는 막대의 하단이 분리되었다. 본체에서 떨어져 나온 부분을 잡아당기자 길이가 15센티미터쯤 되는 칼날이 나타났다. 보통 단검과 달리 칼날이 끝으로 갈수록 가늘어지는 역삼각형 형태였다. 칼날의 끄트머리는 송곳처럼 날카로웠다.

'모링가 영감이 도리깨에 거울과 단검을 숨겨 두었다는 건 앞으로 나한테 그것들이 필요한 일이 생길지도 모른다는 뜻이야. 영감은 거울과 칼이 있었더라면 엄마가 죽음을 피할 수 있었을 거라고 생각하는 거야.'

하지만 가이아는 거울과 칼이 필요할 일이 무엇일지 짐작이 가지 않았다. 가이아에게 이끼밭이란 매캐하고 무료한 공간에 지나지 않았다. 천사 강림절 축제에 참여하는 건 이번이 처음이지만 이끼밭에는 매달 한 번씩은 나가 보는 편이었다. 농장 일을 쉬는 날에는 외출증을 발급받아 구인류의 유적지를 둘러보곤 했던 것이다. 유적지로 가려면 노란 이끼밭을 가로지르는 수밖에 없었다. 물론 유적지 자체도 이끼로 뒤덮여 있긴 마찬가지였다. 이끼밭을 지날 때는 칼이나 거울이 아니라 방독면과 여분의 정화 필터기 필요하다는 게 돔의 상식이었다. 그걸 모를 리 없는데도 모링가 영감은 도리깨에 칼과 거울을 숨겨 놓았다.

칼과 거울의 쓰임새 말고도 가이아에게는 의문점이 하나 더 있었다. 모링가 영감은 왜 칼과 거울을 따로 만들어 주지 않고 도리깨에 숨겨 두었는가. 두 번째 의문에 대한 답을 준 것은 헬리안투스 촌장이었다.

다음 날 새벽, 사람들이 돔 입구를 가득 채웠다. 가이아도 도리깨를 들고서 딜라 옆에 서 있었다. 축제 참가자 명단 확인 작업이 끝나자 촌장이 주의 사항을 일러 주었다.

"다들 잘 알고 계실 테지만 강림절 축제가 처음인 사람이 있어서 다시 공지합니다. 천사님께서는 거울과 무기를 싫어하십니다. '거룩한 첫 만남의 날'에 천사님께서 무기와 거울을 지닌 자들의 목숨을 거두었다는 사실을 기억해야 할 것입니다. 그러니 실수로 뾰족한 물건이나 거울을 지참하고 오신 분들은 저기 마련된 물품 보관함에 두고 가시기 바랍니다."

가이아는 도리깨를 꽉 그러쥐었다.

'모링가 영감! 대체 나한테 뭘 떠안긴 거야?'

천사 강림절 축제

가이아는 방독면이 얼굴을 완전히 감싸도록 조임끈을 힘껏 당겼다. 시야는 그리 말끔하지 않았다. 창고에 쌓아 놓고 쓰는 공용 방독면이다 보니 안면 렌즈에 수십 갈래 긁힌 자국이 있었다. 그래도 강림절 축제를 앞두고 정화 필터를 새것으로 갈아 놓아서 호흡에는 문제가 없었다.

드디어 돔 문이 열리고 촌장을 선두로 천사 강림절 행진이 시작되었다. 도리깨를 치켜든 사람들과 발을 맞추어 걷다 보니 가이아의 가슴에도 뻐근한 감동이 밀려왔다. 드디어 한 사람의 성인으로 인정받은 것이다. 간밤에 촌장의 이야기와 모링가 영감의 귀엣말로 심란했던 기분은 어느덧 씻기고 없었다.

행렬이 지나는 곳마다 노란색 포자 연기가 피어올랐다. 가이아의 발밑에서 바스락거리며 이끼가 부서졌다. 이끼 평원 너머 구인류의 유적이 보였다. 구인류의 집단 가옥이었다는 직육면체 형태의 마천루들이 여남은 개 솟아 있었다. 구인류는 하늘을 찌를 듯한 탑을 쌓았고 달과 화성에 식민지를 만들 꿈을 꾸었다고 했다. 앞다투어 로켓을 쏘아 올렸고, 인류의 비밀을 담은 우주선을 태양계 밖으로 날려 보냈다. 헬리안투스 촌장은 그 이야기를 할 때마다 혀를 차곤 했다.

"어리석게도 구인류는 저 우주를 '테라 눌리우스'라 믿었다."

테라 눌리우스(Terra nullius)는 무주지, 곧 주인 없는 땅이라는 뜻이었다.

"무주지이기 때문에 아무나 먼저 가서 깃발을 꽂으면 임자가 될 수 있다 믿었던 거지. 그릇된 전제가 잘못된 결과를 초래한 거다. 구인류는 우리보다 발전된 기술을 가지고 있었지만 너무나 단순하고도 근원적인 진실을 외면하고 있었단다. 저 하늘과 우주에 주인이 계시다는 사실 말이다. 우주는 테라 눌리우스가 아니라 거룩한 천사님이 관리하는 세계라는 진리를 무시했던 거지. 그 결과는…… 문명의 붕괴였다.

구인류는 하늘에 닿는 탑을 쌓으려던 자들의 신화를 가지고 있었다. 신화 속 인간들은 천상에 닿을 기세로 벽돌을 쌓고 또 쌓았지만 탑은 완성되지 못했다. 그 오만함을 노여워한 신이 탑을 무너뜨리고 인간의 언어를 수십 갈래로 찢어 버렸지. 구인류는 무너진 탑의 신화가 전하는 진실을 외면했다. 그 대가로 공들인 문명의 탑은 붕괴되었고 구인류는 몰살당하다시피 했다. 천사님이 우주의 아득한 어둠을 건너 이 땅에 강림하셨던 게다.

천사님은 구인류의 영토를 쓸어 버린 다음 거룩한 노란 이끼를 뿌리시어 땅을 정화하셨다. 새 하늘, 새 땅이 열린 거란다. 노란 이끼밭을 돌보는 우리 인간은 해마다 천사님의 강림을 기념하여 축제를 연다. 천사 강림절은 신성한 도리깨질로 이끼의 포자를 퍼뜨리고 천사님의 축복을 받는 날이다. 너희도 열일곱 살이 되면 축제에 참여할 수 있단다."

가이아는 촌장에게 들었던 이야기를 곱씹으며 어른들을 따라갔다.

행렬은 갈수록 느려졌다. 맨 앞에 선 촌장의 걸음이 느려진 탓이었다. 촌장은 가로, 세로 길이가 50센티미터쯤 되는 소형 레이더를 직접 짊어지고 걸었다. 실시간으로 천사님의 비행선이 있는 곳을 확인하려면 레이더가 필요했다. 다른 사람들이 레이더를 들어 주려 할 때마다 촌장은 손사래를 쳤다. 질끈 올려 묶은 백발에 구부정하고 야윈 등을 하고선 고집스레 앞섰다.

돔을 등지고 남쪽으로 두 시간 남짓 걸어왔으나 앞으로 얼마나 더 가야 하는지는 알 수 없었다. 가이아는 딜라 언니를 흘끔거렸다. 딜라는 도리깨를 쥔 손을 흔들며 말없이 걷기만 했다. 작년에 갔던 곳으로 다시 가는 건지도 궁금하고, 천사님이 진짜로 나타나면 어떤 기분인지도 알고 싶었다. 하지만 긴급 상황이 아니고서는 방독면을 쓴 채 말을 해서는 안 되었다. 말을 하면 호흡량이 늘어나고 그러다 보면 정화 필터의 수명이 단축되기 때문이다. 여분의 필터가 하나씩 있긴 했지만 그건 축제를 마치고 돌아올 때를 대비해 남겨 둬야 했다.

행렬의 단조로움을 달래 주려는 듯 어디선가 '펑!' 하는 소리가 울렸다.

멀리 마천루 유적지 부근에서 노란 이끼 연기가 피어올랐다. 오랜 시간 땅속에 묻혀 있던 동물의 사체가 공중으로 솟구치며 폭발한 것이었다. 돔의 철딱서니들이 폭죽놀이라 부르는 현상이었다. 가이아도 이끼밭에서 폭발음이 들릴 때면 폭죽이 터졌다며 깔깔거리던 시절이 있었다. 사실 지금도 가이아는 포자 폭발 현상을 설명하는 데 '폭죽놀이'보다 어울리는 단어를 찾지 못했다.

마천루 유적지 주변에서 가장 많이 터지는 것은 구인류가 길렀다는 개와 고양이의 사체였다. 폭죽이 되기 전에 개와 고양이가 어떤 생김새였는지는 가이아도 알고 있었다. 『구인류의 대멸종』이라는 책에서 보았던 것이다. 그 책의 저자는 현자 쏠이었다. 현자 쏠에 따르면 개와 고양이는 인류의 오랜 벗이었다. 새 하늘 새 땅이 열리고 천사님의 보살핌을 받으며 살아가는 게 축복이란 건 가이아도 알지만 개와 고양이마저 멸종된 건 안타까운 일이었다. 지구에 동물이라곤 인간밖에 남지 않았다. 천사님의 취향도 돔의 어른들만큼이나 고리타분한 게 틀림없었다. 지구를 노란 이끼로만 덮어 버린 게 그 증거였다. 옛 지구의 풀들과 개, 고양이 같은 동물을 조금

만 남겨 두었더라면 이 들판에도 생기가 돌았을 텐데.

다시 '펑!' 소리가 났다.

마천루 앞쪽 관공서 유적지 쪽에서 싯누런 이끼 연기
가 피어올랐다. 폭발음의 크기와 연기의 농도로 보아
작은 동물의 사체는 아닐 터였다. 저 정도 폭발력이라
면…… 사람일 가능성이 컸다. 수백 년간 이끼밭에 잠
들어 있던 구인류의 사체가 하늘로 솟구친 것인지도 몰
랐다.

인간이나 짐승의 사체를 썩지 않게 보존하는 비결은
이끼의 포자에 있었다. 포자가 뿜어내는 가스가 박테리
아의 증식을 억제해서 부패를 막았다. 사체를 터뜨리는
일 또한 포자의 역할이었다. 포자가 뿜어낸 가스에 사
체의 몸통이 부풀다가 한계에 다다르거나 외부의 자극
을 받으면 터지는 것이었다.

사람들은 도리깨를 쥐지 않은 쪽 손을 잠시 가슴에
대었다 떼었다. 폭발음을 낸 사체의 영혼이 천국에 들
어가기를 기도하는 것이었다. 구인류는 감히 스스로 우
주의 주인이 되고자 하는 죄를 저질렀고, 개와 고양이
들은 구인류를 주인으로 섬기는 죄를 저질렀지만, 저

렇게 몸을 터뜨려서 이끼 구름을 퍼뜨리고 나면 천국에 들어갈 수 있다고 했다. 예전 같으면 가이아도 가슴에 손을 대고 기도했을 것이다. 하지만 엄마가 불경죄를 저질렀다는 사실을 알아 버린 이상 천국 같은 건 머릿속에 담고 싶지도 않았다. 천사님이 직접 벌하신 자의 영혼은 천국에 들지 못한다 했다. 어딘가에 묻혀 있을 엄마도 이끼 세상의 순리에 따라 언젠가는 저렇듯 솟구쳐서 포자를 퍼뜨리겠지만 소용없는 일이었다. 어디에도 엄마를 위한 천국은 없다.

사람과 짐승을 합쳐 여남은 영혼이 천국으로 들어갔을 즈음 드디어 행렬이 멈추었다. 마천루 유적지를 지나 남쪽으로 세 시간쯤 더 걸어온 터였다. 가이아는 목이 탔지만 천사 강림절 축제 날에는 물과 음식이 금기였다. 방독면을 벗으면 3분 안에 호흡 곤란을 느끼고 10분 안에 가스 중독으로 의식을 잃기 때문에 먹고 마시는 일 자체가 어렵기도 했다.

"먼 길 오느라 수고 많았습니다."

행렬의 선두에서 촌장의 목소리가 울렸다. 방독면의 음성 진동판을 거친 소리여서 발음이 뭉개지고 둔탁했지만 알아듣는 데는 지장이 없었다.

"여기 들판에서 기다리면 곧 천사님이 비행선을 몰고 오실 겁니다. 축제의 규칙은 다들 알고 있으리라 믿지만 변고가 생기지 않길 바라는 마음에서 다시 일러둡니다. 비행선의 그림자가 나타나면 제가 알릴 터이니, 그때부터는 고개를 숙이고 도리깨질만 해야 합니다. 무슨 일이 있어도 천사님을 보아선 안 됩니다. 천사님이 우리를 축복하실 때는 눈을 감고 있어야 합니다. '거룩한 첫 만남'의 교훈을 잊고 감히 천사님을 올려다본 자는 목숨을 부지할 수 없다는 걸 명심하십시오. 인간의 눈으로 창조주의 비밀을 마주한다는 건 구인류가 로켓 엔진에 의지하여 우주를 누비려 했던 것과 다를 바 없는 죄입니다."

구인류의 마지막 생존자 대표들이 천사님과 '거룩한 첫 만남'을 가졌던 날의 이야기는 가이아도 알고 있었다. 천사님의 비행선이 들판에 낮게 떠 있던 날 생존자 대표들은 항복의 뜻을 전하기 위해 천사님을 찾아갔다. 비행선의 아래쪽 입구가 열리고 천사님은 1분도 채 안 되는 시간 동안 인간들 틈으로 내려오셨다. 하지만 그

날 천사님을 만나러 간 사람들 중에 살아 돌아온 이는 둘밖에 없었다. 천사님이 생존자 대표들을 죽음으로 벌하고 그 둘만 살려 돌려보낸 것이다. 여기까지가 가이아가 알던 사실이었다. 하지만 그 이유는 오늘에서야 알게 되었다. 거룩한 첫 만남의 날에 단둘만 살아남은 건 그들이 천사님을 쳐다보지 않았기 때문이다.

촌장은 여태 짊어지고 있던 레이더를 땅에 내려놓고 말을 이었다.

"천사님은 자신의 거룩한 형상을 눈에 담지 않은 이들만 살려 두었고 그 둘의 머릿속에 똑같은 그림을 넣어 주었습니다. 바로 돔의 설계도였습니다! 인간은 천사님이 주신 설계도면대로 돔을 짓고 신인류의 시대를 열었습니다. 거룩한 첫 만남의 교훈에 따라 신인류는 어떤 일이 있어도 천사님을 쳐다보지 않기로 맹세했습니다. 천사님은 맹세를 어기는 자에게는 죽음을, 맹세를 지키는 자들에겐 축복을 내리신다는 걸 잊지 마시길 바랍니다. 그러니 우리 모두 그 맹세를 기억하며 천사님의 축복을 받은 뒤 무사히 돔으로 돌아가도록 합시다!"

연설을 마무리한 뒤 헬리안투스 촌장도 허리춤의 도

리깨를 뽑아 들었다.

가이아는 입이 바싹 말랐다. 갈증 때문만은 아니었다. 모링가 영감이 도리깨에 거울을 숨겨 놓은 게 어떤 의미인지 깨달은 것이었다. 인간은 절대 천사님의 모습을 보아서는 안 되는데도 대장장이 영감은 천사님을 훔쳐볼 도구를 쥐어 준 것이다. 그건 사람들 눈을 피해, 천사님조차도 모르게 천사님을 훔쳐보라는 뜻이었다.

생각이 엄마에게로 뻗어 갔다.

엄마는 서쪽 강변에서 발견한 무언가를 조금 더 연구하면 천사님에게 이끼밭을 돌려받을 방법을 찾을 수 있다고 했다. 그 방법이란 걸 찾아내는 과정에서 엄마는 천사님의 모습을 보아야 했을 것이다. 결국 거울은 엄마를 위한 도구였다. 천사님을 몰래 훔쳐보려면 거울이 필요했을 것이다. 하지만 엄마에겐 거울이 없었고…….

가이아는 도리깨를 쥔 손을 떨었다.

이끼밭의 연구자 야로우는 맨눈으로 천사를 관찰하려다가 변을 당했다!

천사님은 강림절 축제일에 도착하여 일주일에서 열흘 정도 돔 부근을 시찰하다 떠났다. 그래서 돔 사람들은 축제에서 돌아오면 열흘 정도 외출을 삼갔다. 암막 커튼으로 모든 창을 가린 채 돔 안에만 머물렀다. 괜히 이끼 들판에 나갔다가 천사님과 마주치기라도 하면 낭패였다. 인간의 시야는 180도로 열려 있기 때문에 본의 아니게 천사님을 목격할 가능성이 있었다. 그런데도 야로우가 강림절 축제 사나흘 뒤에 돔을 나섰다는 것은 천사님이 떠나기 전에 해야 할 일이 있었다는 뜻이다. 야로우는 천사님을 보려고 들판으로 나갔던 것이다.

'왜 그랬어! 죽을지도 모르는데 왜 그렇게 위험한 일을 한 거야? 내 생각은 왜 안 해!'

가이아는 왈칵 눈물이 쏟아졌다.

딸의 존재도 잊고 이끼밭 연구에 미쳐 있던 엄마도 미웠고 자신을 봤다는 이유로 사람을 죽이는 천사님도 원망스러웠다. 방독면 렌즈에 습기가 차오르자 가이아는 도리깨를 고쳐 쥐며 울음을 가라앉혔다. 곧이어 촌장의 뿔나팔 소리가 울렸고, 사람들은 앞뒤 좌우로 4, 5미터씩 간격을 벌린 뒤 도리깨를 치켜들었다.

신성한 도리깨질이 시작되었다.

가이아도 징이 박힌 가죽끈으로 이끼를 내리쳤다. 탁!

탁! 도리깨의 끈이 스친 곳마다 노란 포자 연기가 피어올랐다. 도리깨질이 서툰 가이아는 몇 번이나 도리깨를 떨어뜨렸다.

"손잡이를 꽉 잡아, 가이아!"

이끼를 후려치는 소음 사이로 누군가 소리쳤다.

도리깨로 노란 이끼의 포자낭을 터뜨리는 건 인간이 할 수 있는 가장 신성한 일이라 배웠다. 하지만 인간이 도리깨질을 하지 않아도 지나는 바람이 포자를 먼 데로 데려가고, 땅속에 묻혀 있던 구시대의 사체들이 폭죽처럼 솟구쳐서 몸속의 포자 연기를 뿜어냈다. 어쩌면 강림절의 도리깨질은 복종의 의미를 담은 예식인지도 몰랐다. 방독면 안으로 파고든 독성 가스에 가이아의 얼굴이 눈물 콧물로 범벅 되었을 즈음 거대한 그림자가 이끼밭을 뒤덮었다.

축제장 상공에 천사님의 비행선이 도착한 것이다.

아무 기척도 없이…….

축복의 손길

천사 강림절 축제는 돔의 가장 큰 행사였다.

아이들은 어서 어른이 되어 축제에 참여하기를 꿈꾸었고 어른들은 강림절이 다가오면 깨끗한 옷을 준비하고 도리깨와 방독면을 점검하느라 분주했다. 하지만 천사 강림의 순간은 가이아가 기대했던 것과 달랐다. 비행선의 그림자가 축제장을 무겁게 내리누르고 있었다. 숨을 헐떡이며 도리깨질을 하는 중인데도 세상이 멎어 버린 듯했다.

비행선의 그림자가 멀어지기 시작했다.

천사님을 내려놓고 하늘 가장자리 어딘가로 물러나는 것이었다.

위잉! 위잉! 무언가가 어지러이 바람을 갈랐다.

이 너른 이끼밭의 주인, 곁눈질로라도 보아서는 안 되는 존재가 내려오고 있었다.

노란 연기가 자욱해서 바로 곁에 있는 이가 누군지도 알아볼 수 없었다. 가이아는 아예 눈을 감고서 도리깨질에 열중했다. 눈을 뜨지도 않았고 도리깨 손잡이에서 거울을 꺼내지도 않았다. 천사님이 어떤 모습일지 궁금하긴 했지만 목숨과 맞바꿀 정도의 호기심은 아니었다. 엄마에겐 축제가 끝난 뒤에 다시 돔을 뛰쳐나갈 만큼 절박한 이유가 있었겠지만 가이아는 아니었다.

신성한 도리깨질에 이어 천사님이 강림하셨으니 이제 축제의 마지막 수순만 남겨 놓은 셈이었다. 천사님이 직접 신인류를 하나하나 축복하실 차례였다. 축복이 무언지, 어떤 식으로 진행되는지 알려 준 사람은 없었다. 천사님에 대한 지식은 강림절 축제를 경험한 어른들만의 것이었다. 룸메이트인 딜라 언니조차도 천사님과 관련한 일이라면 입을 꾹 다물어 버렸으니까. 가이아는 어른들이 왜 그랬는지 짐작이 갔다. 이 일은 어른이 되는 마지막 관문이었고 누구나 혼자 힘으로 치러야 하는 예식이었다. 압박감과 공포감을 견디지 못하는 자들과 천사님을 훔쳐보고 싶은 충동을 이기지 못하는 자는 이 이끼밭에서 살아 돌아갈 수 없다.

"가이아, 겁내지 마! 그냥 눈 감고 버티면 돼."

확실하진 않지만 아마도 딜라의 목소리일 것이었다. 이 상황에서 가이아를 걱정해 줄 사람이 딜라 말고 누가 있겠는가.

도리깨로 바닥을 때리는 소리가 줄어들고 대신 사람들이 넘어지는 기척이 잦아졌다. 뭔가에 떼밀린 것처럼 고꾸라지는 소리였다. 천사님이 다가오고 있었다. 돔의 평범한 아이들처럼 가이아도 이 순간을 꿈꾸며 자랐다. 어릴 적에는 천사님을 만나면 물어보고 싶은 게 많았다. '쿼카랑 코알라, 악어랑 지빠귀, 돌고래와 코끼리땃쥐는 다 어디로 갔어요? 지구에 올 때 오리온자리랑 황소자리 별들도 지나쳐 왔어요? 왜 노란 이끼만 좋아하세요? 분홍색 이끼를 심어 보는 건 어때요?' 꼬맹이 시절의 질문들을 속으로 주워섬기는데 서늘하고 묵직한 무언가가 가이아의 어깨에 내려앉았다.

가이아는 도리깨질을 멈추고 몸을 움츠렸다. 차고 물컹한 질감의 것이 가이아의 목덜미를 스쳤다.

'맙소사! 천사님이 나를 만지고 있어!'

어깨에 내려앉은 것은 매초마다 더 강한 힘으로 가이아를 짓눌렀다. 가이아는 주먹을 쥐고서 버텨 보려 했으나 결국 이끼 위로 엎어지고 말았다. 가이아가 엎드리길 기다렸다는 듯이 그것은 가이아의 등판과 목뒤, 머리를 강하게 훑기 시작했다. 아니, 빨아들인다는 표현이 더 정확할 터였다. 무언가가 출렁이며 가이아의 뒤통수를 잡아당기고 있었다. 가이아는 고개가 뒤로 젖혀질 것 같아서 필사적으로 눈을 감았다. 머릿속이 아득해지고 기억들이 곤죽이 되는 느낌이었다. 이를 악물어도 새어 나오는 신음을 막을 순 없었다.

천사님의 축복이 이토록 맹렬한 촉각적 경험이리라고는 상상조차 하지 못했다. 이게 정말 축복인지도 의문이었다. 돔을 짓고 신인류의 지식 체계를 정비했다던 조상들은 왜 이 일에 천사님의 축복이라는 이름을 붙였을까. 가이아라면 축복 대신 접촉이라는 표현을 사용했을 것이다. 이건 일방적이고 무자비한 접촉이었다. 천사님이 얼마나 이질적이며 압도적인지 보여 주고, 그에 반해 인간은 하염없이 약한 존재라는 점을 상기시키는 과정이었다. 구인류처럼 오만해지지 말고 너희의 하찮은 처지를 인지하라는 경고이자 메시지였다.

가이아는 땅바닥의 흙을 움켜쥐다가 나중에는 제 허벅지를 꽉 쥐었다. 그렇게라도 하지 않으면 저도 모르게 등 뒤로 손을 뻗어 천사님의 손길을 뿌리칠지도 몰랐다. 이제 그만하시라는 절규가 튀어나오려는 찰나 천사님의 손길이 가이아를 떠나가기 시작했다. 미끄러지듯 가이아의 등을 훑고서 다른 사람에게로 갔다.

축복의 예식으로 가이아가 얻은 것은 두 가지였다. 첫째는 지독한 무력감이었다. 천사님의 손길이 어깨에 내려앉던 순간부터 가이아가 할 수 있는 건 아무것도 없었다. 다른 하나는…… 천사님이 현실적 감각의 대상이며 물리적 실재라는 깨달음이었다. 그는 힘과 무게, 출렁임으로 감각되는 존재였다. 그건 곧 천사님이 관찰의 대상이 될 수도 있다는 뜻이었다. 보고자 하면 볼 수 있고 만지고자 한다면 만질 수 있는 존재라는 뜻이다.

관찰을 허용하지 않는 존재에 접근하려면…… 거울이 필요했다.

그리고 가이아에겐 거울이 있었다.

가이아의 몸은 좀 전과는 다른 이유로 떨리기 시작했다.

'절대 천사님을 보아선 안 돼!'

하지만 금기의 유혹은 달콤했다.

'천사님에게도 물리적 구조의 몸이 있다고! 방금 네 등에 닿았던 게 뭐였는지 알고 싶지 않아? 그 섬뜩한 힘의 주인이 어떤 모습일지 안 궁금해?'

가이아는 아무래도 천사님을 봐야 할 것 같았다.

차고 어두운 우주를 가로질러 와서 지구에 새 하늘과 새 땅을 열었다는 이가 어떤 존재인지 알고 싶어 미칠 것 같았다. 가이아는 여태 감고 있던 눈을 떴다. 도리깨질이 뜸해진 탓에 포자 연기가 옅어지고 시야가 다시 트였다. 하지만 땅으로 내리꽂힌 눈길에 들어오는 건 이끼들밖에 없었다. 실처럼 가느다란 이끼들이 들판을 촘촘하게 메우고 있었다.

가이아는 도리깨로 이끼밭을 짚고 몸을 일으켰다.

이제 이끼의 주인을 봐야 할 때였다.

천사님의 위치는 사람들이 쓰러지는 소리로 가늠할 수 있었다. 축복의 예식을 마친 사람들은 다시 도리깨질에 열중하고 있었다. 가이아도 도리깨질을 시작했다. 그리고 징이 박힌 가죽끈이 땅에 닿는 순간에 맞춰 도리깨 손잡이의 야로우 꽃문양을 눌렀다. 다행히 딸깍 소리는 축제장의 소음에 묻혔다. 가이아는 도리깨질을 이어 가는 척하며 거울의 각도를 기울였다. 노란 이끼밭과 자욱한 포자 연기, 그 사이에서 도리깨질을 하는 사람들의 모습이 거울에 비췄다. 거울의 각도를 조금 더 기울이자 차츰차츰 먼 이끼밭이 거울에 담기기 시작했고…… 마침내 인간이 아닌 존재의 모습이 포착되었다.

거기, '그것'이 있었다.

맨 처음 거울에 포착된 건 회색빛이 도는 기다란 관이었다. 그 모습을 사진이나 책으로 접했다면 고무로 만든 파이프나 긴 대롱이라 생각했을 것이다. 하지만 이끼밭의 그것은 굼실거렸고, 이 사람에게서 저 사람에게로 정확한 방향성과 의도를 가지고 움직였다.

그것은…… 천사님의 손이었다.

아니, 손 노릇을 하는 무엇이었다.

파이프는 여러 갈래였다. 어림잡아도 여남은 개는 더 되어 보이는 파이프들이 뱀처럼 꿈틀거리며 사람들 사이를 날아다녔다. 가이아는 비명을 눌러 삼켰다. 천사님이 왜 저런 흉측한 파이프들을 달고 있는지 모를 일이었다. 어쩌면 파이프는 천사님의 신체 기관이 아니라 인간과 접촉할 때 사용하는 도구일지도 몰랐다. 확실한 답은 천사님의 모습을 전체적으로 봐야 알 수 있을 것이었다.

문제는 천사님의 위치와 거울의 각도였다. 거울 속에 천사님의 온몸을 담자면 거울을 해가 있는 쪽으로 기울여야 했다. 그러다가 반사광이 번뜩이기라도 하면 모든 게 끝이었다. 그렇다고 맨눈으로 천사님을 쳐다볼 수도 없었다.

가이아는 거울을 도로 밀어 넣었다. 거울 밖 세상은 지긋지긋하고 노르스름한 포자 연기에 갇혀 있었다. 분명 가이아 말고도 파이프들을 본 사람이 있었을 것이다. 하지만 목숨을 부지하려면 거기서 멈춰야 했다. 더 보려고 하거나 더 알려고 든다면 그다음 수순은 천사님의 응징이었다. 돔의 어른들이 천사님에 대해 함구하는 것은 그 자체가 금기이기 때문만은 아니었다. 파이프들의 정체와 천사님의 본래 모습을 제대로 아는 사람이 없는 탓이다. 아는 자들, 혹은 알고자 했던 자들은 죽고 없으니까. 오직 두려워하는 자들, 등을 훑고 가던 게 무언지 캐묻지 않는 자들만 살아남아서 이 섬뜩한 축제를 이어 가고 있었다.

방독면 안에 뜨듯한 비린내가 진동했다. 코피가 터진 것이다. 고된 일정 때문인지, 파이프가 뒤통수를 건드린 탓인지는 알 수 없었다. 호흡이 가빠지고 눈물로 시야가 흐려졌다. 가이아는 도리깨로 바닥을 짚으며 주저앉았다.

짙은 그림자가 다시 들판을 뒤덮었다가 순식간에 사라졌다. 축복의 예식을 마친 천사님이 비행선을 타고 떠난 것이다.

촌장이 길게 뿔나팔을 불었다.

천사 강림절 축제가 끝이 났다.

이끼밭에 두고 가는 이름

가이아는 고개를 꺾어 하늘을 올려다보았다.

구름 조각 말고는 아무것도 없었다.

멀리 촌장이 뿔나팔을 쥔 손을 늘어뜨리고 레이더에 걸터앉아 있는 게 보였다. 촌장은 비행선이 충분히 멀어졌다는 것을 레이더로 확인한 뒤에야 나팔을 불었을 것이다. 비행선은 이끼밭을 가로지르고 구인류의 유적지를 지나 가이아는 한 번도 가 본 적 없는 먼 곳으로 갔거나, 수직으로 솟구쳐서 대기권 밖으로 나갔을 수도 있다.

가이아는 방독면 틈새를 잠시 벌려 코피를 바깥으로 흘려보냈다. 저만치 딜라 언니도 방독면 안으로 헝겊을 밀어 넣어 코피를 닦고 있었다. 당장 돔의 공동욕실로 달려가서 흐르는 물에 눈과 코, 입을 씻어 내고 싶었다. 하지만 축제장에서 돔까지는 꼬박 다섯 시간 거리였다.

뻐근한 어깨와 팔을 주무르고 코피를 처리하던 사람들이 하나둘씩 허리를 폈다. 멎어 버린 것 같았던 시간이 다시 흐르기 시작했다. 딜라와 가이아가 벌건 웃음을 주고받을 때였다. 비명이 허공을 갈랐다. 천사님이 마지막으로 머물렀던 이끼밭 근처였다. 사람들이 몰려가고 촌장도 뿔나팔을 내팽개치고 뛰어갔다.

"무싸가 죽었다!"

누군가 소리쳤다.

무싸 씨라면……. 가이아는 붉은 곱슬머리에 핏기 없는 얼굴로 돌아다니던 무싸 아저씨를 기억해 냈다. 그는 마지 언니와 같은 완두콩 농장 소속이었다. 가이아는 최근에 무싸 씨를 본 기억이 없었다. 그가 왜 죽었는지, 시신의 상태가 어떤지는 가이아가 있는 곳까지 전해지지 않았다.

무싸는 바나나의 학명에서 유래한 이름이라 했다. 바나나는 구인류가 즐겨 먹었다는 노란색 껍질의 열대 과일이었다. 어릴 적 가이아는 자기가 아는 가장 한심한 이름으로 망고와 무싸를 꼽곤 했다. 과일 이름을 가져다 쓰는 게 유치하게 느껴졌던 것이다. 하지만 성마르고 괴팍한 망고와 달리 무싸는 마음이 따뜻한 사람이었다. 야로우가 죽은 뒤 몇 번이나 구운 완두콩을 들고 가이아를 보러 와 준 아저씨였다. 그런 무싸 씨가 천사 강림절 축제장에서 죽었다.

가이아는 사람들 틈을 비집고 들어갔다. 작고 구부정한 촌장의 뒷모습이 보이는 곳까지 들어가자 사람들 틈으로 무싸의 다리가 보였다. 엎드린 자세였다. 다른 사람들과 마찬가지로 고개를 숙이고 도리깨질을 하다가 변고를 당한 모양이었다. 가이아는 키가 작은 촌장 바로 뒤에 자리를 잡고서 까치발을 디뎠다. 그러자 무싸의 전신이 눈에 들어왔다.

무싸의 피가 이끼밭을 붉게 물들이고 있었다.

그는 등에 커다란 구멍이 뚫린 채 핏물 웅덩이에 엎어져 있었다. 지름이 20센티미터쯤 되는 무언가가 무싸의 몸을 관통한 듯했다. 그것은 무싸가 비명을 내지를 틈도 주지 않았을 것이다. 가이아는 잠시 빈 하늘을 올려다보았다가 다시 무싸에게로 시선을 돌렸다.

'천사님이 무싸 아저씨를 죽였어. 그 흉측한 회색 파이프가 아저씨의 몸을 뚫어 버린 거야. 엄마도 저런 식으로 죽음을 맞았겠지?'

가이아는 울고 싶었다.

촌장이 사람들 쪽으로 돌아섰다.

"무싸는 불경한 죄를 지어서 천사님께 벌을 받았다."

그러자 무싸의 시신을 살피던 블론드가 항의했다.

"불경죄라니요!"

블론드와 무싸는 몇 해 전까지 연인 사이였고 둘 사이에는 아들이 하나 있었다. 가이아도 앞니 두 개가 빠져서 돌아다니는 그 애를 본 적이 있었다. 이름이 잭이었던가.

"천사님께 맹세코 무싸는 아무 짓도 하지 않았어요. 무싸는 다른 사람들처럼 몸을 숙이고 도리깨질만 하고 있었다고요."

"블론드 자네가 그걸 어찌 아는가? 다른 사람들이 도리깨질을 하는 동안 곁눈질로 이끼밭을 살피기라도 했던 겐가? 천사님을 보려고?"

"그럴 리가요! 천사님은 보지 않았습니다. 그랬다면

이렇게 살아 있을 리가 없잖아요. 무싸는 며칠 전부터 강림절 축제에 참석하는 걸 두려워했어요. 천사님이 자기를 죽일지도 모른다고요. 축복의 예식 때 고개를 들지만 않는다면 아무 일 없을 거라고 말해 줬는데 결국……. 축제장으로 오는 내내 무싸는 떨고 있었어요. 혹시라도 자기에게 무슨 일이 생기면 잭을 잘 부탁한다고도 했어요. 그래서 걱정되는 마음에 무싸를 눈여겨봤던 거예요. 천사님이 가까이 오는 소리를 들은 뒤로는 저도 고개를 숙이고 도리깨질만 했어요. 뿔나팔 소리를 듣고 나서야 무싸를 보러 온 거예요."

"그렇다면 자네도 무싸의 마지막 행적은 모른다는 뜻이군. 무싸는 천사님의 손길이 다가오는 기적을 느끼고 고개를 들었을 것이다. 천사님은 절대 이유 없이 인간을 죽이는 분이 아니라는 걸 자네도 알지 않는가?"

촌장은 몰려든 사람들을 둘러보며 소리쳤다.

"무싸는 감히 천사님을 보려다가 벌을 받았다. 돔의 규칙에 따라 시신은 이끼밭에 두고 간다."

"이럴 수는 없어!"

블론드가 울음을 터뜨렸지만 누구 하나 나서서 위로

해 주는 사람이 없었다. 천사님에 대한 불경은 살인보다도 더 큰 죄악이었다. 사람들은 마지막으로 무싸의 시신에 눈길을 주었다가 이내 촌장님을 따라갔다. 남은 건 영원한 잠에 빠진 무싸, 그리고 블론드와 가이아 셋뿐이었다.

"아주머니……."

가이아가 블론드를 안아 주었다.

"무싸는 절대 천사님을 올려다볼 사람이 아니야. 그 사람이 얼마나 겁쟁인데."

"무싸 아저씨는 천사님을 보지 않았을 거예요. 하지만 천사님과 아저씨 사이에 우리가 모르는 뭔가가 있었을 거예요."

"우리가 모르는 뭔가?"

블론드가 눈물을 닦으며 물었다.

"네. 혹시 작년 축제 때도 누가 죽었나요?"

"아니. 내 기억으론 10년 전쯤 치매 노인 하나가 천사님께 소리를 지르다가 죽은 게 마지막이었어. 그 뒤론 별 탈 없이 축제를 치러 왔어. 그런데 무싸가……."

"작년에 강림절 축제에 다녀온 뒤로 무싸 아저씨한테

별다른 일은 없었고요?"

"작년? 글쎄다. 이미 헤어진 사이가 된 뒤라 관심 있게 지켜보질 않았어. 그런데 닷새 전쯤 무싸가 나를 찾아왔어. 내가 잭을 돌보던 때라 당연히 아들을 보러 왔나 했는데, 울더라고. 올해 천사 강림절 축제 때 자기가 죽을 것 같다면서."

"이유는요?"

"물어봐도 대답을 안 했어. 그래도 오늘 무싸가 천사님을 보지 않았다는 건 분명해. 약속했거든. 잭을 위해서라도 위험한 짓은 하지 않겠다고."

블론드는 무싸의 시신을 돌아눕혔다.

"미안해, 무싸. 닦달을 해서라도 이유를 캐냈어야 했는데."

멀리 돔으로 돌아가는 사람들이 보였다. 촌장이 보였고 언뜻 딜라 언니와 러비지 아주머니도 보였다. 누구도 원망할 마음은 없었다. 다만 엄마도 이렇게 외로이 남겨졌을 거라 생각하니 슬플 따름이었다.

블론드가 주변의 흙을 모아서 무싸의 몸을 덮기 시작했다. 가이아도 블론드를 도와 무싸의 시신에 흙을 올렸다.

"가이아, 너도 그만 가. 돔까지 갈 길이 먼데."

"괜찮아요. 돔이 어디 있는지는 눈 감고도 찾을 수 있어요."

그때 두 사람 사이로 그림자 하나가 끼어들었다. 마지였다.

"오에노테라, 넌 또 왜 왔어?"

블론드의 물음에 마지는 말없이 블론드를 안아 주었다. 그리고 흙으로 무싸의 시신을 덮기 시작했다.

가이아는 마지 언니를 못 본 척했다. 마지에게 먼저 말을 거는 법은 없을 터였다. 말은커녕 나란히 앉아 있는 것조차 못마땅했다. 오늘도 마지는 가이아와 같은 옷을 입고 있었다. 지금껏 무싸의 허리 쪽에 흙을 덮고 있던 가이아는 시신의 머리 쪽으로 자리를 옮겼다. 마지는 뭔가 할 말이 있는 눈으로 가이아를 보았지만 이내 시신을 덮는 일에 열중했다.

한 시간쯤 지나자 이끼밭에는 나직한 무덤 하나가 생겼다. 사나흘이면 노란 이끼로 뒤덮여 버릴 무덤이었다. 구인류는 시신을 묻은 뒤 무덤 앞에 십자가 조형물이나 비석을 세웠다고 했다. 하지만 노란 이끼의 시대에는 시신조차도 천사님의 것이었고 이끼의 것이었다.

세 사람은 방독면의 정화 필터를 갈아 끼우고 돔으로 향했다. 뉘엿해진 해가 이끼밭을 비추고 있었다.

가이아는 무싸가 묻힌 쪽을 돌아보았다.

무싸는 좋은 사람이었다. 엄마를 잃은 아이가 걱정되어 구운 완두콩 그릇을 들고 찾아와 주던 사람이었다. 하지만 잭은 열일곱 살이 되어도 아버지의 이름을 물려받지 못할 것이다. 가이아가 야로우가 될 수 없었던 것처럼……

야자나무

공동욕실에는 블론드와 마지, 가이아 세 사람뿐이었다. 다른 사람들은 벌써 씻고 저녁을 먹은 뒤 쉬고 있을 시간이었다.

마지가 욕실 구석에 있던 가이아를 찾아왔다.

"가이아……."

가이아는 들은 척도 않고 비누칠에 열중했다. 종일 독성 가스에 시달렸더니 팔뚝과 목덜미에 붉은 반점들이 돋아 있었다. 기관지엔 가래가 끼고 눈알도 빠질 것처럼 아팠다.

"더 늦기 전에 말할게. '오에노테라'는 사정이 있었어. 네 이름을 훔친 게 아니야."

오에노테라라는 말에 가이아의 얼굴이 일그러졌다.

"1년 동안 그럴듯한 변명 거리라도 찾은 거야?"

가이아는 일부러 샤워기의 수압을 높인 뒤 몸을 헹구었다. 그러자 마지가 가이아의 샤워기를 꺼 버렸다.

"야로우 아주머니의 뜻이었어."

"우리 엄마가 언니한테 내 이름을 뺏으라고 시켰다고? 말이 되는 소릴 해! 그럼 요즘 그 미친 짓거리는 뭔데? 옷차림부터 머리, 먹는 것까지 다 날 따라 하고 있잖아!"

"이름부터 네가 말한 미친 짓거리까지 다 설명할게, 가이아. 오에노테라는 아주머니가 오래전에 나한테 지어 주신 이름이야. 나도 네가 그 이름을 알고 있을 줄은 몰랐어."

"나더러 그 말을 믿으라는 거야?"

"부모님이 돌아가신 뒤로 야로우 아주머니가 날 돌봐 주셨어. 하늘이 두 쪽 나도 아주머니의 이름을 걸고 거짓말은 안 해."

"그럼 내가 오에노테라 이야기를 처음 꺼냈을 때 왜 솔직하게 말 안 했어?"

"그땐 너한테 양보하려고 했어. 네가 그 이름을 원한

다면 나는 다른 걸 찾으려고. 그런데 야로우 아주머니가 갑자기 돌아가시면서 나한테도 그 이름을 지켜야 할 이유가 생긴 거야."

"그 이름이 우리 엄마가 언니한테 남긴 유산이라도 된다는 거야?"

"아니. 나는…… 원래 오에노테라가 되어야만 하는 사람이야. 그 이유는 아직 말해 줄 수 없어. 숨기려는 게 아니라 나도 설명할 수 없는 부분이 있기 때문이야. 그리고 옷차림과 머리는 아주머니가 부탁한 거야. 작년 강림절 축제가 끝나고 야로우 아주머니가 나를 찾아왔어. 부탁이 두 가지 있다면서. 그중 하나가 이거야. 네가 강림절 축제에 참여할 때가 되면 겉모습을 너랑 똑같이 해 달라고. 그래야 우리가 서로를 지킬 수 있대. 그게 무슨 뜻인지는 나도 몰라. 아주머니 말로는 그 이상의 설명은 위험해서 해 줄 수가 없대."

"그럼 다른 한 가지 부탁은 뭐였는데?"

"만에 하나 자기가 못 돌아오면 네가 강림절 축제에 참여하는 날에 이 말을 전해 달라고 하셨어."

마지는 목소리를 낮추고는 말을 이었다.

"야자나무를 찾아라, 가이아."

도망치듯 욕실을 빠져나와 숙소로 돌아오는 내내 가이아는 머리를 세게 얻어맞은 기분이었다. 마지의 말을 믿고 싶진 않았지만 야자나무를 찾으란 말은 마지가 아무렇게나 지어낼 수 있는 게 아니었다. 야자나무는 현자 쏠이 『구인류의 대멸종』에서 여러 차례 '구인류의 희망'이라고 표현한 나무였다. 그리고 『구인류의 대멸종』을 가이아에게 읽힌 사람은 야로우였다. 가이아는 엄마에게 처음 그 책을 건네받던 날을 기억하고 있었다.

"가이아, 이 책의 마지막 부분을 몇 번이고 반복해서 읽겠다고 약속해 줘."

"왜요?"

"우리가 야자나무를 찾아내려면 그래야 해."

그걸로 끝이었다. 가이아는 엄마와의 약속대로 책의 마지막 부분을 달달 외다시피 했고, 엄마는 더 이상 야자나무 이야기를 꺼내지 않았다. 현자 쏠의 책은 열대 바닷가의 야자나무 이야기로 끝이 났다.

야자나무는 열대의 해풍을 맞으며 마지막까지 푸른 잎사귀를 반짝이고 있었다. 지금은 멸종하고 없지만 신인류는 마땅히 그 나무의 가치를 가슴에 새겨야 할 것이다.

야로우는 사람들 모르게 야자나무를 찾고 있었던 것이다! 하지만 목표를 이루지 못한 채 죽었고 마지를 통해 가이아에게 유언을 남겼다.

"야자나무를 찾아라, 가이아……."

방에 돌아오니 딜라 언니는 벌써 자고 있었다.

화덕에서 빵을 굽는 딜라는 돔에서 가장 일찍 하루를 시작하는 사람이었다. 거기다 오늘은 방독면을 쓰고 왕복 10킬로미터의 강행군을 했으니 평소보다 더 피곤했을 것이다. 가이아가 발치에 구겨져 있던 담요를 제대로 덮어 주려는데 딜라가 눈을 떴다.

"늦었네, 가이아."

딜라는 침대에 걸터앉으며 말을 이었다.

"아까 이끼밭에서 내가 먼저 가 버려서 속상했지?"

딜라는 무싸와 가이아를 두고 간 일이 맘에 걸리는 모양이었다.

"아니. 이끼밭은 열린 공간이잖아. 천사님이 갑자기 돌아와도 몸을 숨길 데가 없어. 촌장님은 또 다른 불상사를 막기 위해 서둘러 돔으로 돌아간 거야. 모두를 보호하기 위한 결정이었고 다들 그 결정을 따르는 게 맞는다고 생각해."

"하지만 넌 남았잖아."

"나는…… 그럴 이유가 있었으니까."

이끼밭에 잠든 무싸의 얼굴과 구운 완두콩을 떠올리자 가이아는 다시 슬퍼졌다.

"마지가 시켜서 그런 거 아니야?"

"아니야. 마지 언니도 이끼밭에 남았다는 건 나중에 알았어."

"축제장에 도착한 뒤로 계속 마지랑 붙어 있었잖아."

"아니, 오늘 마지 언니를 본 건 무싸 아저씨를 매장할 때가 처음……."

가이아는 말을 맺지 못했다. 도리깨질 소리 사이로 들리던 목소리가 귓전을 스친 것이었다.

"손잡이를 꽉 잡아, 가이아! 가이아, 겁내지 마!"

가이아는 그게 딜라 언니의 목소리였을 거라고 막연

히 생각하고 있었다. 하지만 축제의 끝을 알리는 뿔나팔 소리가 울렸을 때 딜라는 촌장 근처에 있었다. 가이아와는 100미터 정도 떨어져 있었던 셈이다.

'마지 언니였어! 언니는 축제 내내 근처에서 날 지켜보고 있었던 거야!'

딜라가 손으로 제 이마를 짚으며 말했다.

"같이 남았으니 올 때도 같이 왔을 거 아니야. 마지를 조심하라고 몇 번이나 말해!"

"마지 언니한테도 사정이 있었던 것 같아. 오해도 있었고."

"걔가 얼마나 그럴싸한 구실을 댔는지는 모르지만 다 거짓이야. 너, 우리 엄마가 어떻게 돌아가셨는지 모르지? 마지네 부모님이 우리 엄마까지 죽게 만들었어. 그 두 사람은 돔을 위해 사냥을 나간다고 했어. 살아 돌아오지도 못할 거면서. 결국 두 사람을 찾으러 나갔다가 우리 엄마까지 죽었어. 마지네 부모님은 이미 죽었을 거라고, 찾으러 가도 소용없다고 다들 말렸는데 엄마가 고집을 피웠어. 자기는 그 두 사람을 믿는다면서."

가이아도 처음 듣는 이야기였다. 딜라는 단순히 가이아를 보호하기 위해 마지를 꺼렸던 게 아니었다. 그 뒤에는 엄마의 죽음에 대한 원망이 자리하고 있었다.

"먼저 자. 난 허브 온실에나 갔다 올 테니까."

딜라는 겉옷을 집어 들고는 방을 나가 버렸다.

허브 온실은 요리에 필요한 허브를 키우는 곳으로, 돔의 요리사나 제빵사들은 24시간 출입이 가능한 곳이었다. 딜라는 가끔씩 엄마가 보고 싶으면 온실에서 시간을 보냈다. 허브 온실은 딜라의 엄마가 10년 가까이 일했던 곳이다. 가이아는 딜라를 쫓아 온실로 갈까 하다가 관두었다. 지금 딜라에게 필요한 건 엄마와의 시간이었다. 가이아는 가이아대로 엄마의 말을 곱씹을 시간이 필요하기도 했다.

엄마는 야자나무를 찾으라 했다. 그게 진짜 열대 바다 근처로 가서 야자나무를 찾으란 소리는 아닐 것이었다. 멸종해 버린 식물을 무슨 수로 찾는단 말인가. 더구나 가이아네 돔은 열대 바다와는 먼, 중위도의 내륙 평원에 있었다. 답은 보이지 않는데 졸음이 쏟아졌다. 가이아는 여태 머리에 감고 있던 수건을 탁자에 집어 던지고는 침

대로 기어들었다. 하지만 침대 옆에 세워 둔 도리깨에 눈
길이 닿는 순간 잠은 멀찍이 달아났다. 모링가 영감의
말이 떠올랐던 것이다.

"야로우는 서쪽 강 주변을 조사하다가 뭔가를 발견했
단다."

가이아는 엄마가 야자나무를 찾고 있었다면 서쪽 강
근처에서 발견했다는 것 역시 야자나무가 아니었을까
하고 생각했다. 모링가 영감 말대로라면 엄마는 이미 야
자나무를 찾아낸 셈이다. 그런데 왜 가이아에게도 야자
나무를 찾으라 했을까? 내가 찾아낸 그것을 너도 찾아
보란 뜻일까. 게다가 엄마는 그걸 더 연구하면 천사님에
게 이끼밭을 돌려받을 수 있다고 했다. 하지만 아무리
생각해도 야자나무를 연구하는 일과 이끼밭을 돌려받는
일 사이에는 맞물리는 점이 없었다.

다음 날 아침, 가이아는 아침을 먹자마자 도서관으로
향했다. 아무래도 야자나무에 대해 조사를 해 봐야 할
것 같았다. 『구인류의 대멸종』에서 현자 쏠은 야자나무
의 식생에 대해서는 깊이 다루지 않았다. 야자나무에 대
한 기록이 남아 있는 책은 『멸종 동식물 백과사전』 하나

였다.

"종려목에 속하며 전 세계의 열대에 분포한다. 학명은……."

백과사전이 소개하는 야자나무는 가이아가 현자 쏠의 책을 읽고 상상하던 것과 많이 달랐다. 가이아의 머릿속에 있는 그림은 열대 바다 옆에서 해풍을 맞고 서 있는 야자나무였다. 하지만 백과사전에는 열대 바다에 대한 언급이 없었다. 현자 쏠은 왜 야자나무를 언급하면서 열대의 해풍을 맞으며 자란다는 조건을 두었던 걸까. 야자나무가 자라는 데 필요한 열대라는 조건을 열대 바다로 바꾸었다면…… 중요한 건 기후가 아니라 바다 아닐까?

바닷가의 야자나무…….

야자나무의 생존 비결이 바다와 관계있다는 뜻이다. 지구의 생물들이 대멸종을 맞은 건 노란 이끼가 뿜어내는 독성 가스 때문이었다. 헬리안투스 촌장 말로는 노란 이끼의 세상에서 마지막까지 본래의 빛을 유지하고 있던 곳이 바다였다. 땅이 노란 이끼로 뒤덮인 뒤에도 바다의 플랑크톤은 산소를 뿜어내고 있었다. 바다 근처의 식물들이 상대적으로 오래 생존한 비결도 그것이었다. 대기 중 산소량이 급격히 줄어든 상황에서 열대 바닷가의 나무들이 최후의 순간까지 버텨 낸 것은 바다로부터 산소를 공급받았기 때문이었다. 바다의 플랑크톤이 해양 생물과 바닷가의 나무들을 지켜 낸 것이다.

현자 쏠은 야자나무의 가치를 가슴에 새기라 했다. 그건 마지막까지 생존한 식물을 기억하라는 뜻이었다.

"생존……."

가이아는 백과사전을 덮었다.

엄마가 찾으라고 한 야자나무는 대멸종에서 살아남은 식물을 뜻했다. 대멸종 시기에 열대 바닷가의 나무들이 그랬던 것처럼 돔 바깥, 이끼 세상 어딘가에도 초록빛을 간직한 무언가가 있으리라! 그 믿음이 식물학자인 엄마를 이끼밭으로 끝없이 불러낸 것이었다.

"야로우는 서쪽 강 주변을 조사하다가 뭔가를 발견했단다……."

가이아는 모링가 영감의 말을 되뇌었다. 그건 엄마가 생존 식물을 찾아냈다는 뜻이었다.

서쪽 강 근처 어딘가에 초록빛의 무언가가 가이아를 기다리고 있다!

간병 일지

　가이아는 당장 돔 밖으로 나가고 싶었다. 감자 농장에 도착해서도 내내 그 생각뿐이었다. 엄마가 발견한 게 무언지 확인하려면 직접 그곳에 가 보는 수밖에 없었다. 엄마가 말한 서쪽 강은 구인류의 철길 유적을 따라가면 나온다는 그 강이 틀림없었다. 한 달 가까이 감자 농장에만 처박혀 지냈으니 휴가를 내는 데도 무리가 없을 것이다.

　문제는 천사님이었다.

　천사님의 비행선은 지금도 돔 주변 하늘을 선회하며 이끼밭을 둘러보고 있을 것이다. 가이아는 축제장을 휘젓고 다니던 회색 파이프들을 떠올리며 몸을 떨었다. 엄마도 축제 직후에 돔을 나서는 건 목숨을 거는 일이란 걸 알고 있었다. 그런데도 천사님의 비행선이 돌아다니는 이끼밭으로 나간 것은 천사님도 이 일의 일부라는 뜻이다. 엄마는 천사님이 떠날 때까지 그 며칠을 못 참고 뛰쳐나간 게 아니라, 일부러 천사님이 떠나기 전에 돔을 나선 것이다. 그 이상은 가이아도 알 수 없었다. 생존 식물을 찾는 데 천사님의 힘이 필요하다는 것인지, 생존 식물의 존재를 알면 천사님이 그 일대의 이끼밭을 인간에게 돌려준다는 뜻인지는 서쪽 강으로 가서 확인하는 수밖에 없었다.

관리인 망고에게 휴가 이야기를 꺼내려면 오늘 몫의 일을 끝내야 했다. 가이아는 지난달에 수확을 마친 이랑에다 싹이 난 감자를 심었다. 작은 구덩이를 파고 씨감자를 넣고 다시 흙을 덮었다. 감자는 천사님이 신인류의 생존을 위해 남겨 둔 구인류의 작물 가운데 하나였다. 돔의 온실 재배 단지에서는 감자든 콩이든 일 년 내내 잘 자랐다. 구인류는 대부분 탁 트인 농경지에서 농작물을 재배했다고 했다. 이 노란 땅이 구시대에는 평범한 나무들이 자라고 농사를 짓던 땅이었다는 게 믿기지 않았다. 어쩌면 이끼밭을 돌려받는다는 말은 열린 들판에 감자를 심을 수 있게 된다는 뜻인지도 몰랐다. 하지만 천사님이 그 일을 허락할지는 미지수였다.

모든 사건의 중심에는 이 세계의 주인인 천사님이 있었다.

두 번째 이랑으로 넘어가는데 러비지가 다가왔다.

"가이아, 블론드는 좀 어때? 맘 같아선 지금이라도 들여다보고 싶은데……."

"돔의 규칙 때문에 못 가시는 거죠? 무싸 아저씨가 천사님께 불경죄를 짓고 죽어서."

"그러게, 무싸 씨는 왜 천사님을 봐서는."

러비지는 긴 한숨을 내쉬고는 자기 이랑으로 가 버렸다.

그 순간 가이아는 돔의 상식에 오류가 있다는 걸 깨달았다. 사람들 말처럼 천사님을 훔쳐보기만 해도 죽는다면 가이아는 어제 축제장에서 죽었어야 했다. 그 무자비한 회색 파이프가 가이아의 폐와 심장을 뚫고 지나갔어야 했다. 하지만 천사님이 가이아를 내버려 뒀다는 건…….

"몰래 훔쳐보는 것까지는 천사님도 모르는 거야!"

저도 모르게 튀어나온 말에 가이아는 흙 묻은 손으로 입을 막았다. 다행히 근처 이랑에서 관리인이 더 큰 소리를 질러 대는 통에 가이아의 말이 묻힐 수 있었다.

모링가 영감의 생각이 옳았다. 이 일에는 도리깨에 숨겨진 거울이 필요했다. 하지만 무싸의 죽음은 여전히 의문이었다. 블론드에 따르면 무싸는 올해 천사 강림절 축제 날에 자신이 죽으리라는 걸 예견했다. 그런 무싸가 천사님을 훔쳐보거나 대놓고 쳐다봤을 가능성은 낮았다. 그 순간 가이아는 천사님과의 접촉을 떠올렸다. 머리통이 어디론가 빨려 들어가는 듯했던 그때 모종의 일이 벌어졌을 것이다.

'기억을 읽는 건지도 몰라!'

가이아는 씨감자가 반이나 남아 있는 수레를 밀고 이랑 끝으로 갔다.

"넌 또 일하다 말고 어디 가?"

농장 관리인 망고가 손가락질을 하며 달려왔다.

"휴가 신청하려고요."

"오늘 일을 끝내야 휴가를 주지!"

가이아는 망고 입에서 험한 말이 쏟아지기 전에 얼른

온실 밖으로 달아났다.

먼저 블론드에게 확인할 게 있었다. 블론드는 산소 발생 시스템을 관리하는 기계실에서 일했다. 가이아네 돔은 다섯 개의 돔이 중앙 돔을 에워싼 형태였고, 블론드가 일하는 기계실은 중앙 돔에 있었다. 기계실을 기웃거리던 가이아는 '관계자 외 출입 금지' 푯말이 나붙은 질소탱크실에서 나오는 블론드를 만날 수 있었다.

"무싸 아저씨와 관련해서 여쭤볼 게 있어요."

"안 그래도 나도 너한테 해 줄 말이 있었는데."

블론드는 가이아를 이산화탄소 제어 시스템이 있는 기계실로 데려갔다. 인적도 뜸하고 기계 소음 덕에 말소리가 밖으로 새어 나가지 않아서 비밀을 주고받기에 적당한 곳이었다.

"잭은…… 어때요?"

"아직 알리지 못했다. 요 며칠 많이 아팠거든. 다 낫고 나면 그때 말해 줘야지."

블론드 아주머니는 눈물을 훔치며 말을 이었다.

"난 아직도 무싸가 불경죄를 저질렀다는 걸 믿을 수가 없어."

"혹시 축제 전에 아저씨가 천사님에 대해 무슨 말을 하지 않았어요?"

"글쎄. 강림절 축제 때 죽을지도 모른다고 불안해하긴 했지만 천사님 이야기는 따로 한 적이 없는 것 같은데…… . 아! 천사님이 자기를 알아보실 거라는 말을 한 적은 있어. 그래서 당연한 소리 아니냐고 대꾸했던 기억이 나. 천사님은 모르는 게 없는 분이니까."

가이아는 탄식 섞인 날숨을 뱉었다. 불길한 가설이 점점 사실의 영역으로 옮아가고 있었다.

"아저씨는 실수로라도 천사님을 보게 될까 봐 걱정했던 게 아니에요."

"그럼? 무싸와 천사님 사이에 무슨 일이 있었다는 거야?"

"아저씨는 천사님이 자기를 죽이리라는 걸 알고 있었던 거예요. 아저씨가 천사님을 봤거든요."

"가이아! 너까지 왜 이래? 무싸는 잭을 두고 그런 일을 벌일 사람이 아니야."

"올해 축제장에서 본 게 아니에요. 아저씨는 작년 강림절 축제 때 천사님을 봤어요. 물론 실수였을 거예요.

발을 헛디뎌서 휘청거리다가 본의 아니게 봤다거나 하는 식으로요. 그때 무싸 아저씨는 축복의 예식을 마친 뒤여서 천사님의 응징을 피할 수 있었어요."

"그럼 천사님이 작년에 있었던 일로 무싸를 응징했다는 뜻이야?"

"아무래도 천사님이 인간의 기억을 읽는 것 같아요. 축복의 예식 때 뭔가를 인간의 머리에 밀착시키는 방식으로 말이에요. 어제 천사님은 아저씨의 기억 속에서 천사님 자신의 형상을 본 거예요."

"그럴 리 없어. 천사님은 자신을 훔쳐본 인간은 그 자리에서 벌하시는 분이야. 모든 걸 꿰고 계시는 신이니까."

"그렇지 않다는 증거가 있어요. 바로 저예요. 어제 축복의 예식 때 천사님을 훔쳐봤거든요."

"가이아…… 너……."

"내년에 축제장에 가면 저도 아저씨와 똑같은 일을 당할 거예요."

"세상에……! 어쩌자고 그런 짓을 했어!"

블론드가 가이아를 껴안으며 흐느꼈다.

큰 사고를 쳤다는 건 가이아도 알고 있었다. 하지만 천사님을 훔쳐본 덕에 알아낸 것도 있었다. 천사님은 전지전능한 존재가 아니다. 구인류의 것보다 훨씬 발달된 형태의 비행선을 몰고 다니고 인간의 기억을 읽을 수 있지만 몰래 훔쳐볼 수 있는 존재였고, 관찰 가능한 존재였다.

"그러고 보니 어제는 경황이 없어서 고맙단 말도 못 했지 뭐냐. 그 보잘것없는 장례식을 같이 치러 줘서 고맙다, 가이아. 잭이 지금의 너만큼 자라나면 가이아와 오에노테라가 아버지 곁에 남아 있었다고 말해 줄 거야."

블론드는 가이아의 손을 잡으며 말을 이었다.

"나도 너한테 해 줄 말이 있다고 했지, 가이아? 어제 내가 말했던 치매 노인 말이다. 10년 전에 강림절 축제장에서 난동을 부리다가 천사님 손에 죽었다는 노인네."

"그 할아버지가 왜요?"

"이름이 루툼이었다. 그 당시 루툼 씨는 치매 증상으로 병동에 입원해 있었어. 가족도 없고 성질도 고약하다 보니 의료진 말고는 누구 하나 찾아오는 사람이 없었지. 그런데 그 노인네 간병을 자청하고 나선 사람이 있었다. 그게 네 엄마 야로우였어. 밖에서 일을 마치고 오면 곧장 병동으로 달려가곤 했다. 그때 네 엄마가 쓴 간병 일지가 남아 있을 거야."

"간병 일지요?"

"그래. 병동 서고에 있을 거다. 나도 그해에 우리 엄마를 돌보느라 병동을 드나들었거든. 그때 내가 쓰던 일지의 앞부분에 루툼 씨의 간병 일지가 있었어."

"그 얘길 왜 저한테 해 주시는 거예요?"

"어제 그 노인네 이야기가 나와서 예전 생각이 나기도 했고 또…… 그 간병 일지에서 네 이름을 봤던 게 갑자기 떠올라서 말이다."

"루툼 씨의 간병 일지에 제 이름이 있다고요?"

"그래. 어떤 맥락에서 등장했는지는 기억이 안 난다만 가이아라는 이름이 꽤 여러 번 나왔던 것 같아. 무싸를 떠나보내고 나니까 나중에 잭이 아빠를 찾으면 어쩌나, 뭘 이야기하고 뭘 보여 줘야 하나 걱정이 되더라고. 사실 어젯밤에 촌장님이 무싸의 방에서 짐을 다 치웠거든. 불경죄를 저지른 죄인이라 아무것도 남겨 둘 수가 없다는 거야. 그때 문득 야로우와 네가 생각나더구나.

촌장님이 말씀하신 적은 없지만 야로우가 천사님 손에 죽었다는 건 공공연한 비밀이었으니까. 어쨌거나 촌장님은 그 사실을 알고 계시니 야로우의 짐도 치워 버렸을 거 아니야."

가이아는 쓴웃음으로 대답을 대신했다.

"그래서 간병 일지의 존재라도 알려 주고 싶었다."

매듭과 프로메테우스

가이아는 병동이 있는 5번 돔으로 달려갔다.

10년 전에 천사님을 쳐다보고 죽은 노인과 작년에 천사님을 보고 죽은 엄마가 친구였다는 게 그저 우연일까.

다행히 병원 서고는 출입이 까다롭지 않았다. 가이아는 환자 가족인 척 복도를 어슬렁거리다가 보는 눈이 없는 틈을 타 서고로 들어갔다. 서고는 의료진의 진료 기록과 환자 가족들이 주로 작성하는 간병 일지로 채워져 있었다.

10년 전 간병 일지들 중에 정말로 '루툼'이라는 이름이 적힌 일지가 있었다. 일지는 루툼 씨를 포함하여 총 다섯 명의 환자들에 대한 간병 기록이었다. 가이아는 얼굴도 모르는 네 명에게 감사했다. 루툼 씨의 간병 일지가 남아 있는 건 전적으로 그들 덕이었다. 루툼 씨의 기록만 들어 있는 일지였다면 불경죄를 저지른 자의 기록물이라는 이유로 진즉 폐기되었을 것이다.

블론드 말대로 루툼 씨의 간병 일지를 쓴 사람은 야로우였다. 엄마의 이름과 익숙한 글씨를 마주하자 가이아는 목 안이 뜨거워졌다. 하지만 지금은 슬픔에 빠져들기에 적당한 때가 아니었다. 가이아는 간병 일지를 옷 안에 감추고 병동을 빠져나왔다.

곧장 숙소가 있는 1번 돔으로 향했다. 방해받지 않고 일지를 읽을 곳은 방밖에 없었다. 완두콩 농장이 있는 온실 돔과 연결된 중앙 통로에서 마지와 마주쳤지만 눈인사만 건네고 지나쳤다. 오늘 마지는 반묶음 단발머리에 작업복으로는 연노란색 조끼를 걸치고 있었다. 가이아와 똑같은 머리 모양에 옷차림이었다. 공동 욕실에서 이야기를 나눈 뒤로 묵은 감정은 얼추 털어낸 상태였다. 하지만 예전처럼 마지를 붙잡고 농장 관리인 험담을 한다거나 도서관에서 무슨 책을 새로 발견했다고 자랑할 일은 없을 것이었다. 엄마가 남긴 수수께끼를 푸는 것만으로도 가이아는 머리가 터질 지경이었다.

방으로 돌아온 가이아는 문을 잠근 뒤 루툼 씨의 간병 일지를 펼쳤다. 분량은 다른 네 사람의 기록에 비하면 빈약한 수준이었다. 루툼 씨의 입원 기간이 상대적으로 짧았기 때문이다. 일지의 첫 장에서 야로우는 루툼 씨가 입원한 지 3일이 지났으며 오늘부터 자신이 저녁 간병을 맡게 되었다고 밝히고 있었다. 마지막 일지에 "내일 천사 강림절 축제에"라는 표현이 있는 걸로 보아 루툼 씨는 천사 강림절을 앞두고 약 2주간 입원 치료를 받았고, 축제장에서 천사님 손에 죽었다.

간병 첫날 일지에서 야로우는 루툼 씨가 병원에 입원한 경위를 간략하게 설명하고 있었다. 루툼 씨는 남들이 알아듣지도 못할 헛소리를 늘어놓다가 벽에 머리를 찧고 돌로 자기 손을 내리치는 등 심각한 자해 증상을 보여서 병원에 끌려왔다. 루툼 씨의 '헛소리'가 무엇이었는지는 간병 2일 차 일지에 기록되어 있었다.

루툼 씨는 매듭이 엉켜 있어서 괴롭다는 말을 반복했다.
어떤 매듭이냐고 묻자 자기가 묶은 게 아니라며 물컵을

집어 던지고 침을 뱉었다. 진정 효과가 있다는 캐모마일 차를 짙게 우려 먹인 뒤, 매듭 이야기를 다시 해 보라 했다. 다음은 루툼 씨의 말이다.

"매듭이 크게 엉켜 있는데 풀려도 큰일, 안 풀려도 큰일이야. 어릴 땐 구인류의 신화에 나오는 프로메테우스처럼 되고 싶었다네. 새로운 세상을 여는 존재 말일세."

영감님 말을 믿어 주겠다고 했더니 아이처럼 키득거렸다.

그리고 그 아래 가이아의 이름이 있었다.

가이아도 이 자리에 있었다면 루툼 씨의 말을 믿었을 것이다.

그 뒤로도 엉킨 매듭 이야기가 수차례 등장했고, 하루 기록의 마무리에는 가이아도 이 말을 믿었을 것이라는 말이 후렴구처럼 붙어 있었다. 마지막 일지에는 강림절 전날이 되자 루툼 씨의 불안 증세가 기적처럼 호전되었다는 기록이 있었다. 일지의 마지막에는 역시나 가이아의 이름이 등장했다.

내가 루툼 씨의 말을 믿었듯이 가이아도 이 자리에 있었다면 그 말을 믿었을 것이다. 언젠가는 나도 불을 가지러 갈 것이다. 내가 그 일을 실패하고 가이아가 이 일지의 존재를 모른다 해도 그 애라면 매듭을 해결하고 불을 가져올 방법을 알아낼 것이다.

엄마의 목소리가 들리는 듯하여 가이아는 한참이나 일지를 만지작거렸다.

불을 가지러 간다는 야로우의 말은 루툼 씨가 언급한 프로메테우스의 역할을 떠맡겠다는 뜻이다. 프로메테우스는 구인류의 신화에 등장하는 신이었다. 그는 인간에게 불을 가져다준 대가로 어느 바위산에 묶인 채 독수리에게 간을 쪼이고 있다고 했다. 결국 야로우가 프로메테우스의 일을 하겠다는 건 죽음을 각오하겠다는 말이었다.

가이아가 프로메테우스 신화를 알게 된 건 열두 살 무렵이었다. 그 무렵 야로우는 마지와 가이아를 나란히 앉혀 놓고 구인류의 신화를 들려주곤 했다. 가이아라는 이름의 유래를 알게 된 것도 그즈음이었다. 세상에는 많은 신화가 있지만 야로우는 땅의 여신 가이아가 우라노스라는 하늘의 신을 낳는 장면으로 시작하는 신화를 가장 좋아한다고 했다. 가이아는 하늘보다 앞서 존재한 신이며, 대지의 신이며, 신들의 어머니라 했다.

신화는 지루했지만 엄마가 구인류의 것들에 관심을 보이는 이유는 알 것 같았다. 구인류는 노란 이끼 시대의 사람들보다 뭐든 많이 가지고 있었으니까. 신도 많았고 농지도 넓었고 들판에는 온갖 색깔의 꽃이 피었다. 지금은 이끼의 헛뿌리들과 크고 작은 동물의 사체들로만 채워진 땅속도 그 시절엔 지렁이와 두더지들로 번잡했다.

프로메테우스처럼 불을 가지고 오겠다던 야로우는 죽고 없었다. 그 불은 야자나무라 불러도 무방한 무엇이었다. 엄마가 서쪽 강 주변에서 찾아낸 것, 노란 이끼의 시대에 돔 밖에서 스스로 살아남은 무엇!

가이아는 침대 밑에서 배낭을 꺼냈다.

프로메테우스를 끌어들일 것도 없었다. 가이아는 그저 엄마의 마지막 행적에 대한 의문을 풀고 싶었다. 엄마가 서쪽 강 근처에서 찾아냈다는 걸 두 눈으로 확인하고, 왜 천사님 앞에서 고개를 치켜들었는지 알아내고 싶었다.

직접 서쪽 강에 가 보는 방법밖에 없었다. 가이아는 배낭을 쌌다. 짐이라곤 물 한 병과 루툼 씨의 간병 일지가 전부였다. 담요도 군것질거리도 돔 밖에선 어차피 쓸모가 없다. 마지막으로 모링가 영감이 준 도리깨를 챙겨 드는데 딜라가 빵 냄새를 풍기며 들어왔다.

"어디 가?"

"생일도 다가오고 해서 휴가를 냈어. 반나절 정도 돔 밖에서 놀다 오려고. 늘 가는 유적지에 갈 거니까 걱정 마."

천사님이 떠나기 전에 돔을 나서는 건 위험천만한 일이었다. 하지만 축제 직후엔 돔을 나갈 수 없다는 규칙 같은 건 없었다. 숙소를 나선 가이아는 곧장 돔의 출입구로 갔다. 반나절 외출증 정도는 촌장을 거치지 않고도 돔 입구의 경비팀에게 발급받을 수 있었다. 경비원에게 방독면을 요청하려는데 노기 띤 목소리가 날아왔다.

"가이아! 어딜 가는 게냐?"

촌장 헬리안투스였다.

"외출은 허락할 수 없다."

촌장은 가이아를 집무실로 데려갔다.

"제가 외출하려 한다는 걸 어떻게 아셨어요?"

"어젯밤에 딜라가 다녀갔다. 마지가 널 상대로 뭔가 일을 꾸미는 것 같다며 걱정하더구나. 혹시나 하는 마음에 너와 마지를 상대로 외출 금지령을 내려 둔 상태였다. 그래서 네가 출구에 나타났다고 경비원이 내게 보고했다."

"마지 언니가 저를 꼬드겨서 돔 밖으로 데리고 나갈 거라 생각하신 거예요?"

"마지도 너도 이끼밭에서 부모를 잃은 아이들이다. 그 공통점을 간과할 수 없었을 뿐이야. 가이아, 부모 세대의 잘못을 답습해선 안 된다. 야로우처럼 서쪽이 어쩌고 하며 헛바람이 들어서는 안 된다는 뜻이다."

"서쪽이요?"

"그래. 작년 이맘때 야로우가 서쪽에 가야 한다며 고집을 피웠다. 천사님의 비행선이 날아다니고 있어서 불안했지만 돔의 식물학자가 하는 말이라 무시할 수가 없었다. 다행히도 무사히 돌아왔더구나. 그런데 그다음 날 또 나가겠다지 뭐냐. 이유는 말할 수 없지만 꼭 나가야만 한다고. 그래서 어쩔 수 없이 경비팀 인력까지 붙여서 야로우를 내보냈다. 그 결과는…… 너도 알지 않느냐. 돔을 나선 지 한 시간도 안 되어 야로우는 천사님과 마주치고 말았다. 천사님은 그 자리에서 야로우를 벌하셨고 너는 사랑하는 엄마를, 돔은 훌륭한 학자를 잃었다. 가이아, 우리 신인류가 살아남은 비결이 뭔지 잊었느냐?"

촌장의 얼굴은 수백 갈래 주름들로 실금이 가 있었지만 처진 눈꺼풀 아래의 눈동자만은 세월에 지지 않고 번뜩거렸다.

"이기지 못할 싸움을 하지 않는 것이었다. 구인류는 천사님께 대적했던 자들이다. 감히 노란 이끼를 없앨 수 있을 거라 믿었던 게지. 하지만 이끼가 세상을 뒤덮는 데는 반년이 채 걸리지 않았다. 천사님을 두려워한 자들만이 살아서 다음 세상을 맞았다. 서쪽으로 꼭 가야겠거든 열흘만 기다려라. 천사님의 비행선이 우리 돔의

레이더 밖으로 아주 사라지면 그땐 원하는 대로 가도
좋다."

가이아는 열흘간의 구금형에 처해졌다.

누군가의 창

가이아가 배낭을 침대에 던져 놓고 시무룩해 있는데 누군가 노크도 없이 방으로 들어왔다.

"서둘러. 지금 촌장님과 농장 관리인들 회의 시간이야. 기계실 환기구로 빠져나가면 돼."

마지였다.

어딜 가는 사람처럼 배낭을 멘 채로 가이아의 것과 색깔은 같고 굵기만 조금 더 굵은 도리깨를 들고 있었다. 왜 마지가 저런 차림으로 찾아왔는지 알 수 없었지만 가이아는 일단 배낭과 도리깨를 챙겨 마지를 따라갔다. 대부분의 사람들이 작업장에 있을 시간이어서 숙소 근처는 인적이 뜸했다. 허브 온실 쪽에서 노인 둘과 마주쳤지만 다행히 10대 아이들에게 별 관심이 없는 듯했다. 중앙 돔의 기계실로 들어서자 블론드가 두 사람을 기다리고 있었다.

"무슨 일인지 모르겠지만 무사히 돌아와야 한다. 이 문 열어 준 걸 후회하게 만들지 말고."

블론드는 두 사람이 인사를 할 틈도 주지 않고 마지와 가이아를 환기구로 밀어 넣었다.

환기구는 10미터쯤 곧게 이어지다가 오른쪽으로 꺾어져서는 완만한 곡선을 그리며 계속되었다. 5분쯤 기어가자 자동 개폐식 문이 달린 3제곱미터 정도의 공간이 나왔다. 돔 외부로 이어지는 출입문은 오염된 공기를 방출할 때만 열리는 구조였다.

"10분 주기로 문이 열리니까 좀만 기다리면 돼. 그 전에 이거나 써."

마지가 배낭에서 여분의 방독면을 꺼내 주며 말을 이었다.

"미리 훔쳐 놓길 잘했네."

여분의 필터 몇 개도 가이아의 배낭에 넣어 주었다.

"그런데 언니는 어디 가? 설마 이것도 나 따라 하는 거야?"

가이아는 내내 궁금했던 걸 물었다.

"돔을 나가서 해야 할 일이 있어. 무슨 일인지는 묻지 마. 나도 모르니까. 그냥 네 도움이 필요한 일이란 것만 알아. 촌장님이 구금령을 내리긴 했지만 애초에 네가 오늘로 날을 잡았다면 그래야만 하는 이유가 있을 거야. 그래서 블론드 아주머니한테 도움을 청했어."

마지는 가이아를 출입문 쪽으로 데려가며 말을 이었다.

"궁금하긴 해. 천사님이 근처에 있다는 걸 알면서도 오늘 나가려는 이유 말이야."

"이 일에 천사님도 필요하거든. 왜 필요한지는 언니도 묻지 마. 나도 확실히 모르니까."

그 순간 원형의 출입문이 열리더니 뜨거운 강풍이 두 사람을 돔 밖으로 밀어냈다.

무조건 달려야 했다.

암막 커튼이 내려진 시기라 쉽게 눈에 띄지는 않을 것이었다. 몇 시간 뒤 두 사람이 사라졌다는 사실이 알려지겠지만 촌장은 수색대를 보내지 않을 것이다. 촌장은 가이아가 하려는 일을 이기지 못할 싸움이라고 했다.

하지만 가이아에게는 앞선 누군가가 실패한 일에 지나지 않았다. 야로우가 해내지 못했다고 가이아도 그러리라는 법은 없었다. 게다가 야로우에게는 없던 것이 가이아에게는 있었다.

야로우의 죽음이 남긴 힌트들이었다.

엄마는 탁 트인 이끼밭 어디선가 죽음을 맞았다. 그래서 가이아는 서둘러 들판을 벗어나는 데 집중하기로 했다. 일단은 구인류의 유적지까지 가야 했다. 가이아가 구인류의 시장 유적지 쪽으로 방향을 틀자 마지가 물었다.

"목적지가 어디야?"

"서쪽 강. 최단 경로는 이끼 들판을 관통하는 거지만 우린 유적지로 갈 거야. 엄폐물도 없는 곳에서 천사님을 만나면 나는 그 자리에서 죽어. 이유는 유적지에 도착해서 말할게."

완만한 구릉을 넘어가자 구인류의 시장 유적들이 보였다. 구시대에 옷을 사고팔던 곳이었다. 바람벽이 거의 허물어져서 건물 안쪽 바닥에도 노란 이끼가 수북했다. 건물을 세 개쯤 지나치자 실내 구조물 사이에 인체 모형이 끼어 있는 게 보였다. 구인류가 옷을 입혀 보는 용도로 썼던 것이었다.

"저 친구 옆에서 좀 쉬었다 가자."

가이아가 옷 가게 유적의 창문을 타고 넘자 마지도 따라 들어왔다. 2층 돌층계에 자리를 잡은 뒤 마지가 입을 떼었다.

"아까 그 얘기부터 해 봐. 천사님을 만나면 죽는다는 게 무슨 소리야?"

"강림절 축제 때 천사님을 봤어. 정확히는 천사님의 일부를 본 거지만. 천사님이 어떤 모습이었는지는 말 안 할게. 나 때문에 언니까지 위험해지는 건 싫으니까."

"말도 안 돼. 네가 정말로 천사님을 봤다면 살아서 돌아왔을 리 없어."

"천사님도 몰래 훔쳐보는 것까지 알아차리진 못해. 무싸 아저씨도 이번 축제 때 천사님을 본 게 아니야. 작년 강림절에 우연히 천사님을 봐 버렸고 그 기억이 들통난 거야. 천사님은 축복의 예식 때 머리를 더듬으며 그 사람의 기억을 검열하는 거야."

"기억을 엿보는 초능력이 있지만 모든 걸 꿰뚫어 보

는 건 아니라는 거네."

"응. 그래서 우리가 지금 여기 있는 거야. 천사님은 전지전능한 신이 아니기 때문에 우리가 뭔가를 할 수 있는 거야. 엄마는 돌아가시기 전에 서쪽 강 부근에서 뭔가를 발견했어. 우리는 그걸 천사님보다 먼저 찾아야 돼."

"그럼 그 일에 천사님이 필요하단 건 무슨 뜻이야?"

"아까도 말했잖아. 왜 필요한지는 모른다고. 확실한 건 서쪽 강에서 뭔가를 찾아야 하고 내 눈으로 천사님을 봐야 한다는 거야."

가이아는 층계참 벽면의 환기창을 통해 주변 하늘을 살피고는 말을 이었다.

"이제 언니도 말해 줘. 돔을 나가서 할 일이란 게 뭐야?"

"사냥. 옛날에, 엄마 아빠가 실종되기 전날 밤이었을 거야. 그날 야로우 아주머니가 우리 방을 찾아왔어. 엄마 아빠는 날이 밝는 대로 사냥을 떠날 계획이었는데 그걸 말리려고 온 거야. 돔 밖에는 사냥할 게 없으니 괜히 위험한 짓 말라고 말이야. 결국 엄마 아빠는 돌아오지 못했고 나는 아주머니한테 두 사람이 뭘 사냥하러

갔던 건지 물어봤어. 아주머니도 모르시더라고. 그래서 아주머니한테 부탁을 드렸어. 사냥꾼이라는 뜻이 들어간 이름을 지어 달라고 말이야. 엄마 아빠가 뭘 잡으려고 했는지는 모르지만 어른이 되면 내가 그 꿈을 대신 이루고 싶었거든. '오에노테라'는 그때 아주버니가 지어 주신 이름이야."

"하지만 오에노테라는 달맞이꽃이란 뜻이잖아."

"오에노테라는 오래전 구인류 사냥꾼들이 달맞이꽃의 향기로 동물을 유인한 데서 유래한 이름이래. 오에노테라의 '테라'가 구인류의 언어로 사냥이라는 뜻이기도 하고."

그제야 가이아는 자신이 오에노테라라는 이름을 짓게 된 경위를 기억해 냈다. 열두 살쯤 엄마의 연구실에 놀러 갔다가 그 이름이 적힌 메모지를 보았던 것이다. 그게 마지에게 주려던 이름인 줄도 모르고 멋대로 제 새 이름으로 삼아 버렸다. 마지는 제 도리깨를 만지작거리며 말을 이었다.

"어제 욕실에서 말했던 것처럼 작년 강림절 축제가 끝나고 야로우 아주머니가 날 찾아왔어. 그때 아주머니는 내가 사냥을 하려면 네 도움이 필요할 거라 그랬어. 첫 강림절 축제를 마치고 네가 돔을 나가려 하거든 따라가라고 말이야."

마지는 도리깨의 끄트머리에서 철제 뚜껑을 벗겨 냈다. 그러자 도리깨가 순식간에 날카로운 창으로 변했다.

"야로우 아주머니가 주신 거야. 작년에 내 첫 강림절 축제를 앞두고 모링가 영감한테 부탁해서 만들었대. 기억을 더듬어서 우리 엄마 아빠가 들고 다니던 거랑 최대한 비슷하게 만든 거래. 엄마 아빠가 사냥하려던 게 뭐였든 내가 잡을 거야. 이걸로."

마지가 허공에 대고 창을 던지는 시늉을 했다.

가이아는 처음으로 엄마가 서쪽 강 근처에서 찾았다는 것과 마지네 부모님이 사냥하려던 대상이 같을지도 모른다는 생각을 했다. 지금껏 가이아는 대멸종의 재앙을 견디고 살아남은 그것이 특정 식물일 거라 추측하고 있었다. 하지만 그게 사냥의 대상이라면 말이 달라진다.

"우리가 같은 걸 쫓고 있는지도 몰라."

"같은 거? 그럼 서쪽 강에 가면 우리 엄마 아빠가 사냥하려던 동물을 찾을 수 있다는 거야?"

가이아는 고개를 끄덕였다.

두 사람은 유적지의 바람벽을 따라 움직였다.

건물의 잔해에 가로막혀 이끼밭으로 둘러 가야 할 때를 빼고는 최대한 몸을 숨기며 이동했다. 해가 남서쪽으로 이동하기 시작할 즈음, 유적지 위로 거대한 그림자가 지나갔다. 가이아와 마지는 가까운 건물 안으로 뛰어들었다. 중앙 통로를 중심으로 양옆에 수백 개의 의자가 줄줄이 놓여 있고 천장이 높은 건물, 구인류의 공연장이었다. 천장의 벌어진 틈으로 들어온 햇살이 빈 의자들을 비추고 있었다. 의자들 사이와 찢긴 가죽 틈새에도 이끼가 자라나 있었고 멀리 무대에는 쓰임을 알 수 없는 목재들과 철제 구조물이 널브러져 있었다.

가이아는 구인류가 빼곡히 들어찬 공연장을 상상했다. 그들의 시대는 먼지처럼 사라졌다. 무대는 막을 내렸고 플라스틱에 인공 가죽을 덧댄 의자들만 남아 이끼와 싸우고 있었다. 공연장 안이 돌연 어둑해졌다. 그늘은 금방 사라졌지만 두 차례나 비행선이 유적지 상공에 나타났다는 건 그리 좋은 징후가 아니었다.

"들킨 거 아닐까?"

마지가 도리깨를 고쳐 쥐며 물었다.

"우릴 봤으면 천사님이 내려왔겠지."

10분쯤 더 시간을 보냈지만 그림자는 다시 오지 않았다. 마지와 가이아는 방독면의 정화 필터를 교체한 뒤 다시 서쪽으로 향했다. 언덕들 사이로 접어들자 땅의 질감이 바뀌었다. 자갈과 두툼한 목재가 번갈아 밟혔다. 가이아와 마지는 방독면 너머로 눈을 맞추었다.

"철길 유적이야, 언니!"

"그래, 철길을 따라가면 강이 나온댔어. 전에 아빠한테 들은 기억이 나."

강가에서

철길의 침목마다 노란 이끼가 돋아 있었다.

가이아는 발밑에서 자그락거리는 자갈들의 마찰음이 좋았다. 이끼들 사이로 언뜻언뜻 녹슨 레일이 보였고 철길 가장자리를 따라 죽은 나무들이 치솟아 있었다. 노란 이끼들이 고사목의 줄기와 가지마다 헛뿌리를 내려서 철길에 기괴한 그림자를 드리웠다. 철길을 따라 한 시간쯤 걸어가자 터널이 나왔다. 터널 안에는 허리 높이까지 웃자란 이끼들이 들어차 있었다. 가이아와 마지는 도리깨로 이끼를 후려치며 반대편 빛을 향해 나아갔다.

터널을 벗어나자 철길 오른편에서 물소리가 났다.

서쪽 강이었다.

둘은 앉은걸음으로 철길 비탈을 탔다. 노란 이끼들이

뭉개지며 포자를 터뜨렸지만 습기 때문인지 들판에서만큼 요란하게 피어오르지는 못했다. 비탈이 끝나는 곳엔 강이 있었다. 폭이 3미터가 될까 말까 한 샛강이었다. 지는 햇살에 강물이 노르스름하게 반짝이고 있었다. 천사님이 뿌렸다는 플랑크톤이 이 샛강마저 점령한 모양이었다. 엄마가 말한 강까지 달려왔지만 가이아는 어디서 뭘 찾아야 할지 막막했다. 마지도 초조한지 도리깨로 강바닥을 긁어 보고 있었다.

"정말로 이 강에 사는 동물이 있을까?"

"일몰까지 한 시간도 안 남았어. 나는 물이 흐르는 방향으로 가 볼 테니까 언니는 상류 쪽으로 가. 먼저 뭘 발견한 사람이 팔매질로 신호를 보내기로 하고."

가이아는 물길을 따라 걸었다. 강은 철길과 멀어지면서 폭을 넓혀 갔다. 강변은 이끼들 차지였다. 눈에 익은 풍경이어도 조심해야 했다. 사람들 발길에 다져지지 않은 땅은 대멸종 시기에 파묻힌 동물 사체들로 지뢰밭이나 다름없었다. 폭죽이 묻혀 있는지 알아보는 방법은 땅의 상태를 살피는 것뿐이었다. 땅이 주변보다 부풀어 있는지 확인하는 것이다. 그러자면 도리깨를 사선으로 휘둘러서 이끼의 줄기를 쳐 내는 수밖에 없었다. 땅을 살피며 강을 따라가던 가이아는 문득 하늘이 탁 트였다는 사실을 깨달았다. 몸을 숨길 엄폐물이라곤 없는 강변에 가이아 혼자 우뚝 솟아 있었다. 더구나 가이아는 절대 천사님을 맞닥뜨려서는 안 되는 상황이었다.

상류 쪽으로 발길을 돌리려는 순간 반대편 하늘 가장자리에 거뭇한 비행선이 나타났다.

가이아는 이끼밭에 엎드렸다. 무성하고 가는 이끼 사이에 얼굴을 파묻고 10초쯤 버텼다. 다시 고개를 들어 하늘을 살폈을 때 비행선은 보이지 않았다. 가이아는 얼른 일어나서 상류 쪽으로 달렸다. 비행선이 사라졌다고 마음을 놓아서는 안 되었다. 천사님의 비행선은 별똥별만큼이나 조용하고 빠르게 하늘을 가로지르면서도 미심쩍은 풍경은 절대 놓치는 법이 없다고 했다. 가이아는 제 머리를 쥐어박고 싶었다.

'이런 멍청이! 강 하류에 동물이 남아 있을 리가 없잖아. 그랬다간 벌써 천사님 눈에 띄었을 테니까. 이 강 주변 어딘가에 동물이 산다면 은신처가 필요했을 거야. 이끼 숲 그늘이 있는 상류여야 한다고!'

상류를 향해 달리는데 땅이 갑자기 물컹해졌다. 미처 땅의 상태를 파악 못 하고 동물의 사체를 밟아 버린 것이었다.

"젠장!"

급히 몸을 날렸지만 일을 되돌릴 수는 없었다.

펑!

뒤편 허공에서 폭죽이 터졌다. 노란 포자 연기가 흩어지고 곧이어 동물의 가죽과 살점들이 사방으로 튀었다. 놀랄 새도 없이 근저에서도 폭죽들이 솟구쳤다. 펑! 펑! 다섯 차례에 걸친 연쇄 폭발 후 고요가 찾아왔다.

비행선과 더불어…….

폭죽이 터졌다는 건 땅에 묻혀 있던 동물의 사체에 순간적으로 압력이 가해졌다는 뜻이다. 이끼밭의 속성을 꿰고 있는 천사님이 그걸 모를 리 없었다. 비행선은 하늘 정중앙에 멈추었다. 천사님이 하강을 준비한다는 뜻이었다. 천사님의 비행선이 정지 비행을 시작하면 인간은 그 자리에서 고개를 숙이고 축복을 기다려야 했다. 하지만 기억 속에 회색 파이프들이 들어 있는 인간은 축복을 받아선 안 된다.

가이아는 계속 달렸다. 상류가 가까워지자 강변의 폭이 좁아지고 바위들이 늘어났다. 가이아는 이끼가 듬성듬성한 바위들을 타고 넘어 계속 달렸다. 100미터쯤 더 달려가자 철길과 이어지는 비탈길이 보였다. 마지와 헤어진 지점이 가까워졌던 소리였다. 비탈을 따라 뛰는데 강 건너편에서 돌멩이가 날아왔다. 마지였다.

가이아는 대답 대신 검지로 하늘을 가리켰다. 마지도 안다는 듯 고개를 끄덕이고는 손짓을 했다. 강을 건너오라는 뜻이었다. 원래 돔 사람들은 정화 장치를 거치지 않은 물에는 절대 뛰어들지 않지만 지금은 그런 걸 따질 처지가 아니었다. 가이아는 강물로 들어섰다. 다행히 수위는 무릎을 간신히 넘기는 정도였다.

커다란 바위 뒤에 몸을 숨기고 있던 마지가 가이아를 제 쪽으로 잡아당겼다.

"천사님이 전지전능한 존재는 아니라는 네 말을 믿을게, 가이아. 천사님이 저 위에서 목격한 건 너 하나야. 그렇다면 너랑 내가 뒤바뀌어도 모르실 거야. 야로우 아주머니의 말이 이제 이해가 돼. 이런 순간을 대비해서 우리 둘의 차림새가 같아야 된다고 했던 거야. 이쪽 비탈을 타고 가다 보면 동굴이 나와. 거기 숨어서 기다려."

그러고는 가이아를 비탈 쪽으로 떠밀었다.

마지 언니를 두고 가는 게 마음에 걸렸지만 지금으로선 다른 길이 없었다. 마지가 일러 준 대로 비탈을 따라가자 이끼로 뒤덮인 동굴 입구가 나타났다. 가장자리가 녹슨 쇳덩이인 걸로 보아 자연 동굴이 아니었다. 가이아는 동굴 안으로 뛰어들었다. 어둑한 동굴 입구에 굵은 철근 다발이 지름 2미터 크기로 뭉쳐 있었다. 가이아는 얼금얼금한 철근 다발 뒤에 몸을 숨기고 마지가 있는 쪽을 살폈다. 마지는 강 복판에 있는 바위 위로 올라가서 무릎을 꿇고 앉았다. 그제야 가이아는 무언가 잘못되었다는 것을 깨달았다.

분명 마지의 머릿속에는 회색 파이프가 존재하지 않았다. 하지만 천사님을 피해 강변을 따라 도망쳤던 기억 또한 존재하지 않았다. 대신 처음부터 강 상류에 있다가 천사님을 피해 달려오는 가이아와 만나는 기억이 들어 있다. 둘이서 짜고 속이려 했다는 걸 천사님이 알아차리면 마지는 그 자리에서 죽을 것이다.

옅은 바람 사이로 '위잉! 위잉!' 소리가 울렸다. 기다란 무언가가 허공을 가르는 소리였다.

곧이어 천사님이 내려왔다.

가이아는 철근 다발 사이로 천사님을 보았다. 작은 거울로 천사님의 일부를 훔쳐보는 게 아니라 부릅뜬 눈으로 천사님의 전체 모습을 지켜보았다. 길고 구불구불한 회색 파이프 하나가 마지의 등에 내려앉았다.

가이아는 자기가 무슨 짓을 했는지 실감이 나기 시작했다. 마지를 저 섬뜩한 심판대로 떠밀어 버린 것이다. "마지는 네 인생을 훔치려는 거야!" 가이아는 딜라의 말을 믿었었다. 하지만 마지가 잘못되면 가이아야말로 마지의 인생을 훔치는 셈이 된다. 파이프가 어깨와 머리통을 짓누르자 마지가 그 무게를 견디지 못하고 강물로 떨어지고 말았다.

'안 돼!'

가이아는 비명이 터져 나오려는 걸 가까스로 손으로 막아 냈다. 다행히 마지는 얼른 강 복판에 자리를 잡고 앉아서 천사님의 축복을 기다렸다. 파이프도 다시 마지의 등과 뒤통수를 훑기 시작했다. 어느 순간부터 마지는 고개가 뒤로 꺾인 채 몸을 휘청거렸다. 가이아는 회색 파이프에 뇌가 빨려 들어가는 것 같던 그때의 느낌을 떠올리며 몸을 떨었다.

파이프는 3분 가까이 마지의 등에 들러붙어 있다가 하늘로 올라갔다. 마지는 그 자세 그대로 한참을 더 버티다가 가이아가 달려오는 소리를 듣고서야 고개를 들었다. 천사님은 이미 비행선을 타고 사라진 뒤였다.

"언니, 괜찮아?"

가이아는 손을 뻗어 마지를 일으켜 세운 디음 동굴로 데려갔다.

"축복이지만 기분이 썩 좋진 않네. 방독면 필터부터 갈아야겠어. 강물에 처박혔더니 필터가 못 쓰게 됐어."

마지는 배낭에서 새 필터를 꺼내어 포장지를 뜯었다.

"천사님…… 봤어?"

정화 필터를 갈아 끼우며 마지가 물었다.

"응."

"그럼 설명 좀 해 봐."

가이아는 고개를 저었다. 천사님에 대한 정보를 머릿속에 넣고 산다는 건 죽음을 재촉하는 일이었다. 하지만 마지의 뜻 역시 완강했다.

"궁금해. 내 등을 훑고 간 게 뭔지 본 대로 다 말해 줘."

"알면 죽어. 직접 보지 않았어도 내 말을 듣고 머릿속으로 비슷한 형상을 떠올려도 마찬가지야."

"그걸 어떻게 알아?"

"언니가 방금 몸소 증명해 줬잖아. 일단 천사님이 인간의 기억을 읽는다는 가설은 잘못됐어. 만약에 언니의 기억을 읽었다면 언니와 내가 뒤바뀌었다는 것도 알아차렸을 거야. 그런데도 천사님은 언니를 살려 뒀어. 그건 천사님이 인간의 머릿속에서 특정 이미지를 찾는다는 뜻이야. 천사님의 모습이 일부라도 들어 있는지 찾아내는 거지. 예를 들어 내가 천사님의 모습을 설명해 줬을 때 망고 아저씨는 머릿속으로 실제와 가까운 모습을, 러비지 아주머니는 전혀 다른 모습을 그렸다면 아저씨는 죽겠지만 아주머니는 축복을 받고도 살아남을 수 있어."

"어떻게 이미지만 알아볼 수가 있어?"

"그게 천사님의 언어인 것 같아."

"언어?"

"응. 거룩한 첫 만남의 날에 살아 돌아온 사람들을 생각해 봐. 그 둘의 머릿속에는 돔의 설계도가 들어 있었어. 천사님이 설계도 이미지를 둘의 머릿속에 전달했단 뜻이야. 인간처럼 말로 명령을 내리는 게 아니라 이미지로 명령을 내린 거지. 마찬가지로 인간의 기억을 뒤질 때도 자신의 모습이 담겨 있는 이미지를 찾는 거야. 어떤 사람의 머릿속에 천사님의 이미지가 들어 있다면, 천사님은 그걸 '나는 당신을 알고 있다. 당신이 누군지 알고 있다'로 알아듣는 거야. 천사님은 '당신을 안다'고 말하는 인간을 죽여. 물론 눈앞에서 자기를 올려다보는 사람은 기억을 읽을 것도 없이 그 자리에서 죽이고."

"자기를 안다는 이유로 살인을 하는 신이라니……."

마지는 쓴웃음을 지으며 말을 이었다.

"가이아, 나 알고 싶어. 나를 강물로 처박아 버리던 힘의 주인이 궁금해."

가이아는 고개를 끄덕이고는 조심스레 입을 뗐다.

"천사님은…… 기다란 촉수들이 뒤엉킨 다발이야."

이제 파이프란 말은 필요 없었다. 그건 누가 봐도 촉

수였다.

"뭐?"

"수십 가닥의 촉수들이 끈처럼 엉켜 있고, 그중 한 가닥이 언니의 머리와 등에 내려앉았던 거야."

그 순간 가이아는 루툼 씨의 간병 일지를 기억해 냈다.

루툼 씨는 정신이 나간 게 아니었다.

그의 말이 옳았다.

천사님은…… 매듭이었다.

천사의 새 이름

마지는 제가 발견한 걸 보여 주겠다며 가이아를 동굴 깊은 데로 데려갔다.

"처음엔 그냥 동굴인가 보다 하고 지나쳤어. 아주머니가 강이라고 했으니까 강에 사는 뭔가를 찾아야 한다고 생각했거든. 그런데 상류를 따라 한참 올라가도 이끼밖에 없더라고. 혹시나 하고 다시 여기로 돌아와 본 거야."

동굴 벽을 더듬으며 20미터쯤 들어가자 길이 직각으로 꺾이며 저만치 빛이 보였다. 동굴 천장에서 일정한 간격으로 빛이 새들고 있었다. 구조물의 천장이 훼손되어 빛이 들어오는 게 아니라는 뜻이었다. 구인류가 만들어 놓은 자연 채광 장치였다. 해 질 녘이라 빛이 강하진 않았지만 동굴의 모양과 구조를 관찰하는 데는 지장이 없었다.

둘은 빛이 비치는 동굴 바닥에 앉아 숨을 골랐다.

"가이아, 처음으로 우리 엄마 아빠가 천사님 손에 죽었을지도 모른다는 생각이 들어. 그동안은 사냥을 나갔다가 호흡 곤란으로 죽은 줄 알았거든. 촌장님도 사흘 후에야 두 분이 죽었다고 선포했으니까. 챙겨 간 정화 필터의 개수로 볼 때 생존이 불가능한 시간대로 접어들었다고 말이야. 작년과 올해 두 번이나 강림절 축복을 받았지만 그게 물리적인 접촉인 줄 몰랐어. 천사님의 강한 에너지가 우리를 건드리고 지나가나 보다 했지. 그런데 촉수 다발이라니! 가이아, 대체 천사님의 정체는 뭘까?"

마지가 혼란스러운 표정으로 물었다.

"천사님이라는 호칭을 빼고 보면 마구 엉켜 있는 거대한 끈벌레로 보여. 공중에 떠 있을 때는 지름이 10미터쯤 되고 촉수들은 몸의 지름보다 길게 늘어나. 천사님은 동물이야."

"인간과는 다른 생물종이란 뜻이야?"

"구인류라면 외래종이라 표현했을 거야. 지구의 생태

계에서 발견된 적 없는 형태니까."

"다른 행성에서 온 존재일 수도 있겠네. 신화에서도 우주를 가로질러 오신 분이라 했잖아. 그런데 천사님은 왜 자기를 쳐다보는 걸 허락하지 않는 걸까? 자기가 끈벌레처럼 생긴 걸 들킬까 봐?"

"우리끼리 있을 땐 그냥 끈벌레라 불러도 돼?"

마지가 고개를 끄덕이자 가이아가 말을 이었다.

"그 끈벌레는 인간이 자기를 관찰하는 게 싫었던 거 아닐까? 관찰하다 보면 속성을 파악할 수 있고, 그러다 보면 약점도 찾아내기 마련이니까."

"약점이랄 게 있을까? 혼자 힘으로 구인류를 쓸어 버리고 지구를 노란 이끼로 뒤덮어 버린 존재잖아."

"혼자가 아닐지도 몰라."

"그럼 엉킨 끈벌레가 또 있단 소리야?"

"아니. 촉수 한 가닥이 독립적인 생명체일지도 모른다는 뜻이야. 아까 천사님, 아니 그 벌레가 언니한테 하강하는 모습을 지켜봤어. 수십 가닥 촉수들이 한꺼번에 언니 쪽으로 쏠리더라고. 그러다가 어느 한 가닥이 언니에게 닿으려 하니까 다른 가닥들은 제각각 다시 움츠러들었어. 엉킨 끈벌레가 단독 생명체라면 처음부터 촉수를 한 가닥만 내뻗었을 거야. 언니가 봐야 할 게 있어."

가이아는 배낭에서 루툼 씨의 간병 일지를 꺼냈다.

"10년 전에 우리 엄마가 루툼이라는 할아버지를 간병하며 남긴 기록이야. 여기서부터 읽어 봐."

마지는 야로우가 쓴 기록을 읽어 갔다.

"매듭이라는 표현을 잘 봐. 루툼 할아버지는 '매듭이 엉켜 있는데 풀려도 큰일, 안 풀려도 큰일' 이라고 하셨어. 할아버지는 강림절 축제 때 끈벌레의 모습을 제대로 봤던 거야. 가운데 부분이 엉켜 있는 것까지 죄다. 아까 엉킨 끈벌레가 언니를 더듬는 걸 보면서 할아버지의 말을 이해했어. 매듭이 풀려도 큰일이라는 말은 강력한 벌레가 수십 마리로 분리될지도 모른다는 뜻이야. 안 풀려도 큰일이라는 말은 엉킨 끈벌레를 상대할 만한 존재나 무기가 인간에게는 없다는 뜻일 거야."

"그럼 할아버지는 끈벌레를 없애야 할 대상으로 본 거야?"

"아마도. 우리 엄마도 마찬가지였을 거야. 엄마는 간병 일지에다 자기가 루툼 씨 말을 믿었듯이 나도 그 말을 믿을 거라고 써 놨어. 그건 자기가 믿는 것을 나도 믿어야 한다는 뜻이야. 루툼 씨와 엄마는 천사의 실체에 접근하다가 목숨을 잃은 거야. 엄마가 마지막 일지에다 써 놓은 매듭을 해결하란 말은 결국 천사를 죽이라는 뜻일 거야."

"천사를 죽여라……."

마지는 가이아의 마지막 말을 되뇌며 간병 일지를 돌려주었다.

"나도 수수께끼 하나가 풀린 것 같아. 우리 엄마 아빠가 사냥하려던 것과 야로우 아주머니가 여기 강 근처에서 찾아냈다는 건 같은 동물이 아니었어. 엄마 아빠는 엉킨 끈벌레를 사냥하려고 했던 거야. 두 분도 강림절 축제 기간에 돌아가셨다는 걸 오랫동안 잊고 있었어."

"그게 몇 년 전인데?"

"일곱 살 때니까 11년 전."

가이아는 이 모든 일들의 연대를 정리해 나갔다.

"11년 전 강림절 축제 기간에 언니의 부모님이 돌아가셨어. 10년 전 축제 날에는 천사가 루툼 할아버지를 죽였어. 엄마는 그해 축제를 앞두고 루툼 할아버지의 간병을 맡았고 말이야. 그리고 작년 축제 기간에 엄마도 돔 밖에 나갔다가 돌아오지 못했어. 네 사람 다 엉킨 끈벌레한테 당한 거야.

엄마는 언니네 부모님이 천사에게 당했다는 걸 짐작하고 있었을 거야. 하지만 어떻게 할 도리가 없었을 거야. 천사는 너무나 강력한, 신적 존재니까. 그러다가 루툼 할아버지의 일로 천사에 대한 의심을 품기 시작했던 것 같아. 천사가 신적 존재가 아니라 지구에 대멸종을 초래한 외래종일지도 모른다고 말이야. 그때부터 엄마는 현자 쏠의 책을 찾아 읽고, 돔 밖을 돌아다니며 연구를 했던 것 같아. 그렇게 찾아낸 답이…… 야자나무였어.”

“야자나무?”

“응. 진짜 야자나무는 아니고 야자나무라 부를 수 있는 무엇일 거야. 엄마는 서쪽 강에서 발견한 걸 더 연구하면 천사한테서 이끼밭을 돌려받을 수 있다고 했어. 그 말은 ‘야자나무’라는 걸 찾아내면 끈벌레를 잡을 수 있다는 뜻이야.”

“그런데 왜 야로우 아주머니는 자기가 찾아낸 걸 다른 사람과 공유하지 않은 걸까? 촌장님한테 알려서 도움을 받을 수도 있었을 텐데."

"끈벌레가 알아차리면 안 되니까. 누군가의 머릿속에 어떤 무기를 써서 끈벌레를 죽이는 이미지가 들어 있으면 단순히 그 사람만 죽고 끝나는 게 아니야. 끈벌레가 그 무기를 알아차리고 파괴할 거야. 그러면 끈벌레를 죽일 수 있는 유일한 방법도 사라지게 돼. 엄마가 강림절 축제 기간에 돔을 나선 것도 그래서였을 거야. 엄마는 그때 끈벌레를 죽이러 나갔던 거야."

"야로우 아주머니가 끈벌레를 죽일 무기를 찾아낸 상태에서 그놈한테 당했다면 그 무기도 이미 파괴되고 없는 거 아닐까?"

"아닐 거야. 엄마는 자기가 실패할 걸 대비해서 말을 남긴 거야. 야자나무를 찾으라고. 그건 엄마가 끈벌레에게 죽더라도 그 무기는 여전히 쓸 수 있다는 소리야."

"좋아. 계속 가 보자, 우리."

마지가 먼저 자리를 털고 일어났다. 가이아도 일어나서 도리깨를 고쳐 쥐었다.

"이 동굴부터 더 수색해 보자. 알려지지 않은 구시대 유적에 불과할지도 모르지만."

마지가 조심스러운 걸음으로 앞장섰다.

해가 졌는지 채광 장치도 서서히 힘을 잃었다. 가이아와 마지는 동굴 더 깊숙한 곳으로 향했다. 동굴 벽을 더듬으며 두 번의 모퉁이를 돌아가자 둥근 가장자리를 따라 인공조명이 반짝이는 문이 나왔다. 구인류가 사라진 뒤로 돔이 아닌 곳에는 인공조명이 있을 수 없었다. 적어도 가이아와 마지의 상식으론 그랬다. 평범한 유적지는 아닌 듯했다.

문 중앙의 유리 너머로 내실이 보였다. 내실엔 따로 조명이 없었고 둥근 문에서 퍼져 나간 빛이 실내를 여틈하게 비추고 있었다. 내실은 용도를 알 수 없는 빈 공간이었다. 내실 바닥에 두툼하게 먼지가 쌓여 있는 걸로 봐서 오랫동안 아무도 드나들지 않은 듯했다.

"가이아, 여길 봐!"

문을 살피던 마지가 소리쳤다. 가이아는 마지가 가리키는 곳으로 눈길을 돌렸다. 둥근 문의 하단 부분에 초록색이 들어간 그림이 있었다.

야자나무였다.

곧게 뻗은 줄기와 커다란 잎사귀들, 큼지막하게 달려

있는 야자열매들…….

"맙소사! 엄마가 찾으라던 야자나무는 이 구조물이었어."

"그래, 야로우 아주머니도 여기 왔던 거야."

"하지만 안으로 들어가진 못한 것 같아. 방 안에 먼지가 쌓였는데 발자국이 없어."

가이아와 마지는 문을 살피기 시작했다. 문고리는 당연히 없었고 개폐 장치라 할 만한 것도 보이지 않았다. 문은 가장자리의 인공조명과 중앙의 유리 부분을 제외하고는 매끈한 쇳덩이였다. 야자나무 그림도 살펴보았지만 금속 표면에 음각을 새긴 뒤 색을 칠한 것에 지나지 않았다.

"안에서 열어 줘야만 열리는 구조면 어떡하지?"

마지가 어깨로 문을 들이받으며 물었다.

"아닐 거야. 동굴을 저렇게 정비한 걸 보면 여긴 이 구조물의 출입구가 틀림없어."

가이아는 혹시라도 놓친 게 있을까 봐 문의 표면을 손바닥으로 쓸어 보았다. 하지만 차가운 금속의 질감 말고는 아무것도 느껴지지 않았다.

"문 말고 다른 곳에 장치를 숨겨 놨을지도 몰라. 구인류는 원격 장치를 많이 사용했다잖아."

마지는 문 왼쪽 벽을 더듬었다. 가이아도 반대편 벽을 두드려 보고 손끝으로 쓸어 보았다. 벽면의 굴곡을 손끝으로 훑던 가이아는 가는 틈새를 발견했다. 틈은 완벽한 직사각형 모양이었다. 틈새로 손끝을 밀어 넣어 당기자 얇은 벽돌이 빠져나왔다.

"언니, 여기야!"

푸른 인공조명 속에 원형의 금속판이 있었다. 가느다란 선이 금속판을 반으로 가르고 있었다.

"열쇠 구멍 같은데?"

마지가 창끝을 밀어 넣었지만 열쇠 구멍보다 창의 날이 굵었다. 가이아는 열쇠 구멍에 눈을 갖다 댔다. 구멍은 안으로 갈수록 좁아지는 형태였다.

그 순간 모링가 영감의 목소리가 가이아의 귓전을 때렸다.

"네 엄마를 생각하면 너만의 도리깨를 만들어 주어야 할 것 같았다."

이제야 그 말의 진짜 뜻을 알 수 있었다. "네 엄마가 왜 그렇게 되었을까 생각해 보면 너한테는 처음부터 도리깨를 만들어 줘야 할 것 같구나!"라는 뜻이었다.

"우리 엄마도 이 벽돌을 빼냈던 거야."

"야로우 아주머니가?"

"응. 작년에 축제가 끝나고 나서 엄마는 여길 다녀왔어. 하지만 열쇠가 없어서 돔으로 돌아가야 했어. 모링가 영감에게 급히 청해서 열쇠를 만들고 다음 날 다시 여기로 오다가 끈벌레에게 당한 거야."

"열쇠가 없기는 우리도 마찬가지잖아."

"있어. 모링가 영감이 엄마에게 만들어 주었던 것과 똑같은 걸 만들어 줬어."

열쇠는 도리깨 하단의 칼날이었다. 가이아는 칼날을 열쇠 구멍에 꽂았다. 뾰족한 칼끝이 뭔가에 부딪히자 원형의 출입구에 푸른빛의 글자가 나타났다.

'초대한 사람의 이름을 입력하시오.'

그 아래로 같은 색의 알파벳이 A부터 Z까지 나열되었다.

"초대한 사람의 이름? 그럼 초대받은 사람만 들어갈 수 있다는 뜻이야?"

마지는 도리깨를 지팡이처럼 짚고서 문을 노려보았다. 가이아도 제 이마를 짚었다. 구인류가 만들었는지 노란 이끼 시대에 지어졌는지도 모를 구조물이었다. 그런데 우리를 여기로 초대한 사람의 이름을 무슨 수로 알아낸단 말인가.

가이아는 다시 야로우를 생각했다. 엄마는 서쪽 강에서 발견한 걸 연구하면 끈벌레에게서 이끼밭을 돌려받을 수 있다고 했다. 그 확신은 어디서 비롯된 것일까. 이 구조물의 용도가 뭔지도 모르면서……. 엄마는 루툼 씨의 매듭 이야기를 사실이라 믿었고, 나더러 야자나무를 찾으라고 했어. 그리고 나는 엄마 뜻대로 여기까지 왔어. 엄마는 내가 야자나무를 찾아내기만 한다면 이 문을 열 수 있으리라고 믿었던 거야.

야자나무…….

쳇바퀴를 그리던 생각이 야자나무에서 멈추었다.

그거였어!

가이아는 알파벳 S, O, L을 순서대로 입력했다.

'덜컹!' 소리와 함께 문이 열렸다.

사람들을 이곳으로 초대한 사람은 현자 쏠이었다. 초
대장은 『구인류의 대멸종』의 마지막 문단이었다.

야자나무는 열대의 해풍을 맞으며 마지막까지 푸른 잎사
귀를 반짝이고 있었다. 지금은 멸종하고 없지만 신인류는
마땅히 그 나무의 가치를 가슴에 새겨야 할 것이다.

야로우는 현자 쏠의 말을 믿고 야자나무를 찾아다니
다가 이 문 앞에 도달했던 것이다. 그리고 가이아도 야
로우의 흔적을 쫓아 여기까지 왔으니 두 사람 다 현자

쏠의 초대를 받은 셈이었다.

마지가 먼저 내실로 들어가고 가이아도 조심스레 발을 들였다. 원형의 문이 다시 닫히자 내실에 불이 들어왔다. 밖에서 봤을 때와 마찬가지로 내실에는 수북한 먼지 말고는 아무것도 없었다.

"여긴 뭐 하던 곳일까?"

마지가 내실 벽을 더듬으며 물었다.

"더 들어가 보자."

가이아가 맞은편 벽면의 둥근 문을 가리켰다. 좀 전에 두 사람이 열고 들어온 것과 똑같은 형태의 문이었다. 다른 게 있다면 안쪽의 문은 중앙에 위치한 버튼만 눌러도 열린다는 점이었다. 마지와 가이아가 내실 너머의 공간으로 들어서자 등 뒤에서 문이 닫혔다. 새로 들어선 곳은 쓰임을 알 수 없는 기계 장치들로 가득했다.

"블론드 아주머니를 데려와야 했나 봐. 저게 다 뭐야?"

마지가 손을 허리에 짚고서 난감한 표정을 지었다.

"일단 계속 가 보자. 분명 여기 어딘가에 엉킨 끈벌레를 없앨 방법이 있을 거야."

기계실부터는 원형의 문이 아니라 일반적인 형태의

자동문이었다. 5미터가량의 통로를 지나자 믿을 수 없는 광경이 눈앞에 펼쳐졌다. 유리로 된 자동문 너머로 초록색 넝쿨 식물이 보였던 것이다. 돔의 중앙 광장 크기 정도의 내실이 있고 가이아는 이름조차 모르는 넝쿨 식물들이 그 벽과 천장을 휩싸고 있었다.

"구인류의 온실이야!"

유리문을 열고 들어가자 나선형의 철제 계단이 나왔다. 5, 6층 높이의 계단을 타고 내려가자 온실 바닥에 노착할 수 있었다. 온실 가장자리를 따라 잎이 무성한 교목들이 치솟아 있었고 온실 정원은 여러 갈래 통로를 중심으로 관목들과 키가 들쑥날쑥한 풀들로 채워져 있었다. 가루받이를 담당하는 듯한 소형 기계들이 날아다니고 일정한 시차를 두고 인공 바람이 불었다. 그리고 그 어디에도 노란 이끼는 없었다.

가이아는 방독면을 벗었다. 천천히 숨을 들이쉬자 돔의 공기보다 시원한 질감의 공기가 콧속으로 날아들었다. 이어 마지도 방독면을 벗었다.

"내가 구인류한테 가장 부러웠던 게 뭔지 알아?"

마지가 젖은 앞머리를 쓸어 넘기며 말을 이었다.

"돔 밖에서도 먹고 마실 수 있다는 거야."

그러고는 배낭에서 물병을 꺼냈다. 그제야 가이아도 제 배낭을 열어 물병을 꺼냈다. 둘은 단박에 물병을 비워 버렸다. 하루 종일 갈증을 참아 가며 강행군을 했던 터였다. 수분을 보충해서인지 온실의 산소 덕인지 가이아는 머리가 맑아지는 기분이었다. 온실의 구조와 특징도 눈에 들어오기 시작했다. 바닥에서 온실 천장까지의 높이는 못해도 20미터는 넘을 것 같았다. 온실 천장에는 가이아의 손바닥만 한 유리들이 촘촘하게 박혀 있었지만 자연 채광 장치는 아닌 듯했다. 온실은 인공조명과 기계 장치로 유지되고 있었다.

'엄마도 이걸 봤어야 하는데…….'

가이아는 지금은 사라져 버린 엄마의 책들을 떠올렸다. 그 책에서 봤던 나무와 식물들이 여기 있다.

"다음 칸에도 가 보자."

마지가 가이아의 손을 잡아끌었다.

둘은 정원의 중앙 통로를 따라 반대편 벽으로 갔다. 자동문을 통과해 나가자 길이가 5미터쯤 되는 널찍한 통로가 있고 그 끝에 커다란 유리문이 있었다. 가이아가 유리문 가장자리를 더듬어 보았지만 개폐 버튼이 없었다. 유리문 너머의 공간도 꽤 널찍한 듯한데 불이 꺼져 있어서 자세히 들여다볼 수는 없었다.

"온실의 불빛을 끌어오자."

마지는 온실과 통로 사이의 문을 연 다음 문설주에 등을 대고 섰다. 온실의 밝은 빛이 통로를 지나와 유리문 너머의 공간을 비추었다.

그곳은 이끼로 채워진 방이었고 기이하게도 방 한가운데 침대가 하나 놓여 있었다. 침대에는 이름 모를 노인이 잠들어 있었다. 작은 키에 긴 백발, 러비지 아주머니가 가끔 입는 것과 비슷한 페이즐리 패턴 스커트 차림이었다. 흉곽과 복부가 심하게 부푼 것으로 보아 이끼의 포자가 몸 안에 들어찬 상태였다. 맞은편 벽면에는 검은색 물감으로 갈겨 쓴 듯한 글자들이 있었다.

모든 답은 놈에게……
마지막 날에
—쫄

현자 쏠…….

그곳은 현자 쏠의 방이었다. 침대의 노인은 현자 쏠이었다! 이끼의 독성 포자 덕에 시신이 썩지 않고 남아 있었던 것이다. 가이아는 저 자그마한 할머니가 현자 쏠이라는 사실이 믿기지 않았다. 돔 사람들에게 『구인류의 대멸종』을 남긴 현자가 왜 여기 잠들어 있는지 알수 없었다. 가이아는 야자나무를 가슴에 새기라던 현자가 이끼밭에 누워 있다는 사실이 슬펐다. 하지만 현자쏠은 후대인을 이 유적지로 초대한 장본인이었다. 가이아는 눈을 비비고서 다시 쏠의 방을 살폈다.

일단 침대의 위치가 자연스럽지 못했다. 언젠가 다른 사람에게 극적으로 발견되리란 걸 예견한 것처럼 방의 정중앙에 놓여 있었다. 또 이끼가 무성하다는 건 바깥바람이 드나든다는 뜻이다. 분명 벽이나 천장 일부가 파손되었을 것이다. 가이아가 유리문에 코를 박고 파손 부위를 찾고 있는데 마지가 소리쳤다.

"저기 메모장 같은 게 있어!"

가이아는 마지를 따라 온실로 돌아갔다.

나무 의자 하나가 잎이 무성한 식물과 나무들 사이에

반쯤 가려져 있었고 그 위에 낡은 공책이 있었다. 현자 쏠이 남긴 일지였다. 가이아와 마지는 풀밭에 주저앉아 일지를 읽어 갔다. 일지에 따르면 이 구조물은 현자 쏠이 만든 게 아니라 찾아낸 것이었다.

마침내 구인류의 우주선 잔해를 찾아냈다. 공중에서 놈의 공격을 받고 이곳에 추락한 것으로 보인다. 다행히 원자력 발전기와 에어록이 정상 작동한 덕에 온실은 살아 있다. 나무가 부러지고 풀이 뽑히긴 했지만 산소와 물, 인공조명이 있으니 되살릴 수 있을 것이다.

이 구조물은 우주선이었던 것이다. 일지는 한 달에 두어 번 정도 작성되었고 대부분은 우주선의 기능을 파악하고 수리한 기록들이었다. 하지만 우주선에 들어온 지 1년쯤 지난 시점에 기록된 후반부는 쏠 자신의 죽음과 천사에 대한 이야기들로 채워져 있었다.

놈은 모습을 드러내지 않고 있다.
세상을 노란 이끼로 뒤덮어 놓고도 자신은 비행선 안에

머물고 있다. 1세대 신인류가 '거룩한 첫 만남'이라 이름 지은 접촉 이후로 인간들 눈에 띄고 싶어 하지 않는 것 같다. 요즘 들어 몸 곳곳이 말썽이다. 죽음은 두렵지 않으나 놈의 실체를 보지 못하는 건 안타깝다. 놈을 내 눈으로 한 번만 볼 수 있다면 놈의 약점을 찾을 수 있을 텐데.

'거룩한 첫 만남' 이후 사람들은 끈벌레를 천사라 부르며 신으로 떠받들었다. 그런 와중에 현자 쏠은 사람들 몰래 천사를 죽일 계획을 세우고 있었다. 하지만 천사를 볼 수는 없었다. 엉킨 끈벌레가 강림절 축복을 시작한 건 그 후대의 일인 듯했다. 어떤 이유에선가 끈벌레는 신인류의 돔이 완성된 후에도 한동안 비행선 밖으로 나오지 않았던 것이다.

놈이 노란 이끼에 집착한다는 것은 이끼가 놈의 생존과 관계가 있다는 뜻이리라. 그렇다면 놈을 이끼가 없는 곳으로 유인하는 수밖에 없다. 내 손으로 그 일을 할 수 있으면 좋으련만 죽음이 머잖은 걸 느낀다.

우주선 식량이 바닥났다. 두려울 건 없다. 나는 살 만큼 살았고 내 육신으로 가설을 증명하는 일만 남겨 두었다. 내 육신을 이끼밭에 두고 간다. 많은 육신들이 그러했듯 내 몸도 부풀어 올라 요란한 소리를 내며 터질 것이다. 그 소리를 듣고 천사가 와 준다면 좋으련만 놈은 저리도 꼭꼭 숨어 지낸다. 후대에 이곳을 찾는 이가 있다면 천사를 살펴서 놈을 처치하기를.

이 기록을 끝으로 현자 쏠은 스스로 외부 공기가 드나드는 방으로 들어갔다. 그리고 벽면에 '모든 답은 놈에게'라는 글을 남기고서 침대에 누워 독성 대기를 들이마시며 숨을 거두었다. 가이아는 현자 쏠의 이야기를 되짚어 보았다. 현자 쏠은 노란 이끼가 없는 곳으로 천사를 유인하려고 했다. 하지만 당시는 천사가 비행선 밖으로 나오기 전이었기 때문에 계획을 실행하지 못하고 눈을 감았다. 노란 이끼가 끈벌레의 생존과 관계가 있다는 건······.

가이아는 고개를 돌려 온실을 바라보았다.

"대기 때문이었어! 엉킨 끈벌레가 지구를 노란 이끼로

뒤덮은 건 자기가 호흡할 수 있는 대기로 바꾸는 작업이었던 거야. 그래서 대기 조건이 완벽해질 때까지는 비행선 밖으로 나올 수 없었던 거야!"

"그럼 어떻게 해야 돼?

"현자 쏠의 말처럼 끈벌레를 유인해야지. 여기, 온실로! 옛 지구의 공기가 들어찬 이곳으로 놈을 끌어들여야 해."

야자나무의 가치를 가슴에 새기라던 현자 쏠의 말에 답이 있었던 것이다. 대멸종 시기에 열대 바닷가의 나무들이 마지막까지 버틴 것은 바다에서 만들어진 산소 때문이었다. 바로 그 산소가 외래종 끈벌레에겐 독성 물질로 작용하는 것이다. 현자 쏠은 『구인류의 대멸종』을 쓸 당시 이미 그 가설을 세웠던 게 틀림없다.

구인류의 우주선 잔해에서 온실이라는 산소방을 발견한 현자 쏠은 출입문에다 손수 야자나무 문양을 새겼을 것이다. '이곳은 대멸종 시기의 열대 바닷가처럼 지구 생물의 생존에 적합한 곳이다. 그러니 외래종인 천사를 산소방으로 끌어들여 죽여라!'

가이아는 목이 메는 것 같았다. 결국 야자나무는 현

자 쏠에게서 엄마에게로, 그리고 엄마에게서 다시 가이아에게로 전해진 과업의 다른 이름이었다.

"오늘은 여기서 자고, 내일 날이 밝으면 폭죽을 쏘아 올려서 놈에게 우리 위치를 알릴 거야."

"폭죽이라니? 설마……."

"맞아. 저 끝방 침대에 현자 쏠의 시신이 있어. 쏠은 스스로가 폭죽이 되길 원했던 거야."

"하지만 저쪽 문은 출입 장치가 아예 없잖아."

"현자 쏠이 자신이 미끼가 되길 원했다는 건 저 문이 바깥에서는 쉽게 열린다는 뜻이야. 끈벌레를 저 방으로 끌어들인 다음 저쪽에서 문을 열면 돼. 언니랑 나 둘 중 한 사람은 동굴 밖으로 나갔다가 반대편에서 저 방으로 들어가야 돼."

"한 사람은 저 방에서 놈을 유인하고, 또 한 사람은 온실에 남아서 놈을 불러들인다는 거지? 우리 둘 다 살아서 돌아가긴 글렀네."

마지가 웃었다.

손님

다음 날 새벽, 가이아는 동굴을 돌아 나왔다. 온실 구석의 옹달샘에서 새로 채운 물병과 엄마의 글씨가 담긴 간병 일지, 그리고 칼날을 내민 도리깨. 짐은 여전히 단출했다. 동굴 입구의 철근 다발이 가이아를 배웅해 주었다.

날은 강물과 언덕 비탈의 경계가 간신히 보일 정도로 어둑했다. 하지만 곧 해가 뜰 것이다. 구인류 중에는 해를 신으로 숭배한 자들도 있었다. 하지만 해는 신이 아니었다. 혹여 신이라 해도 인간과 지구의 일에는 무심하다. 이 땅에 인간과 풀이 번성하던 시절이나, 엉킨 끈 벌레 한 마리가 세상을 초토화시킨 지금이나 해는 지구의 자전 주기에 맞춰 뜨고 질 뿐이었다.

강비탈을 따라 3분쯤 내려간 다음 철길 반대편 언덕을 타고 올랐다. 그 어딘가에 현자 쏠의 방으로 들어가는 통로가 있을 터였다. 가이아는 수시로 하늘을 살피며 최대한 몸을 숙이고 걸었다. 놈에게도 밤낮이 따로 있는지는 알 수 없었다. 그럼에도 가이아가 새벽을 기다렸다가 동굴을 나선 것은 자신이 인간이기 때문이었다. 밤중에는 끈벌레가 하늘을 가로질러 와도 인간의 육안으로는 식별할 수가 없다.

칼끝으로 땅을 찔러 보며 수색하길 한 시간째, 마침내 칼끝이 금속에 부딪히는 느낌이 났다. 가이아는 그 주변 땅을 손으로 헤작였다. 그러자 어디선가 차르르 하는 소리가 들렸다. 흙 부스러기가 구덩이로 떨어져 내리는 소리였다.

소리의 진원지는 현자 쏠의 방 천장 모서리였다. 가이아의 예상대로 천장엔 구멍이 나 있었다. 어른 한 사람이 간신히 드나들 만한 크기의 구멍으로, 누군가 정교하게 뚫어 놓은 것이었다. 구멍에는 줄사다리가 설치되어 있었다. 현자 쏠은 후대의 누군가가 천장을 통해 방으로 들어오리라는 걸 예상했던 모양이었다.

가이아는 줄사다리를 타고 내려갔다. 현자 쏠의 방은 이끼 들판보다 독성 대기의 농도가 짙었다. 돔의 회합실만큼이나 너른 공간에 반해 공기가 드나들 통로는 천장의 구멍뿐인 탓이었다. 방독면을 꼼꼼하게 여몄는데도 눈이 따끔거리고 기침이 났다. 유리문 저편에서 마지가 가이아를 지켜보고 있었다. 온실 출입구에 뭘 받쳐 놓았는지 빛이 제법 환하게 들어왔다. 가이아는 마지에게 손을 흔들어 보이고는 방을 둘러보았다.

현자 쏠의 시신은 슬쩍 건드리기만 해도 터질 것처럼 부풀어 있었다. 얼굴은 흙먼지로 뒤덮여 보이지 않았지만 가이아는 인사를 건넸다.

"현자 쏠, 초대해 주셔서 고맙습니다."

엉킨 끈벌레가 나타나기 전, 구인류는 죽으면 썩어서 흙이 되었다고 했다. 하지만 이 시대의 사람들은 죽어서도 이끼에게 몸을 내줘야 했다. 이끼밭을 살피던 가이아는 군데군데 땅이 솟아 있다는 걸 알아차렸다. 조심스레 그쪽 바닥을 파 보자 사람의 팔이 나왔다. 현자 쏠 말고도 이 방에 묻혀 있는 사람이 더 있다는 뜻이었다. 땅이 솟은 곳은 어림잡아 열 군데가 넘었다.

땅속 시신들은 아마도 이 우주선의 본래 주인들일 터였다. 구시대와 이끼의 시대 경계에서 끈벌레를 피해 달아나거나 맞서 싸웠던 이들의 잔해였다. 시신들을 이 방으로 옮긴 건 현자 쏠일 것이다. 가이아는 시신을 밟지 않게 조심하며 벽면을 수색했다. 문 옆에 개폐 장치로 보이는 레버가 있었다. 가이아는 시험 삼아 레버를 당기려다가 관두었다. 문이 열릴 때 진동이 이끼밭의 시신들을 자극할지도 몰랐다. 방을 한 바퀴 다 돌았으나 레버는 하나밖에 없었다.

천장을 여는 장치가 없어!

폭죽을 바깥으로 보내려면 천장의 구멍으론 어림도 없었다. 가이아는 시신들이 방 안에서만 터질까 봐 겁이 났지만 이번에도 현자 쏠을 믿어 보기로 했다.

손님을 맞을 채비를 마친 후 가이아는 줄사다리를 타고 구멍 위로 올라갔다. 이제 놈의 비행선을 기다릴 차례였다. 해가 뜨고, 무료한 시간이 흐르고, 갈증에 가이아의 입이 말라 갈 즈음 비행선이 하늘을 가로질렀다. 엉킨 끈벌레가 강림절 축제 이후 한동안 돔 근처에 머무는 것은 이끼 때문만이 아니었다. 들판으로 나온 인간들의 기억을 더듬어 자기를 아는 자들을 죽이려는 것이었다. 그러니 놈은 오늘도 순찰을 이어 갈 것이며, 머잖아 하늘 가장자리를 돌아 다시 이쪽으로 올 터였다.

서둘러 방으로 내려온 가이아는 도리깨를 길게 뻗어 현자 쏠의 옆구리를 건드렸다. 그러자 시신이 급속도로 팽창하기 시작했다. 가이아는 방 모퉁이로 가서 몸을 웅크렸다.

펑!

현자 쏠의 몸이 솟구쳐 올랐다가 천장에 부딪히며 폭발했다. 그 순간 천장이 굉음을 내며 양쪽으로 열렸다. 그 진동에 땅속 시신들도 연쇄적으로 부풀어 오르기 시작했다. 곧이어 열린 하늘로 폭죽들이 날아갔다.

펑! 퍼펑! 펑…….

마지막 폭죽이 터지고 얼마간의 정적 끝에 가이아가 고대하던 어둠이 찾아왔다. 수직 상공에 거대한 비행선이 떠 있었다. 비행선 하단부가 열리고 그 틈새로 회색빛의 엉킨 끈벌레가 나왔다. 놈은 허공을 허우적거리며 가이아가 있는 곳으로 하강했다.

"역겨운 벌레 새끼!"

가이아를 발견한 끈벌레가 현자의 방으로 촉수 하나를 내리뻗었다. 놈의 매듭까지 온전히 들어오도록 만들어야 했다. 가이아는 좀 전까지 현자 쏠이 누워 있던 침대 밑으로 기어들었다. 곧이어 촉수가 침대 상판을 뚫고 들어와서 가이아 옆쪽 흙을 파헤치기 시작했다. 가이아는 도리깨의 칼날을 놈의 촉수에 꽂았다. 통증을 느낀 건지 촉수는 가이아의 도리깨가 꽂힌 채로 천장 밖으로 물러갔다. 가이아는 침대 밑에서 기어 나와 유리문 쪽으로 달려갔다.

'차르륵!' 소리와 함께 수십 개의 촉수들이 한꺼번에 방 안에 들이닥쳤다.

놈이 들어왔다. 아니 놈들이 왔다.

가이아는 레버를 힘껏 당겼다.

덜컹! 방이 통째로 흔들리더니 유리문이 열리기 시작했다. 가이아는 그 틈으로 뛰어들었다. 온실과 쏠의 방 사이 통로는 처음보다 서너 배쯤 넓어진 상태였다. 유리문과 통로 벽이 한꺼번에 움직이도록 설계된 듯했다. 온실 문 너머에서 마지가 대기하고 있었다. 가이아는 고개를 저어 보였다. 아직은 때가 아니었다. 촉수가 아니라 매듭 부위가 통로 안으로 들어올 때까지 기다려야 했다. 가이아는 통로 벽에 걸려 있던 도끼를 뽑아 들고 뒷걸음질 쳤다.

끈벌레가 질척거리는 소리를 내며 통로로 입장했다. 촉수들이 가이아를 향해 뻗어 왔다. 가이아는 매듭의 정중앙을 겨냥하여 도끼를 던졌다. 퍽! 도끼가 매듭에 박히자 촉수들이 한꺼번에 움츠러들었다. 하지만 치명상은 입히지 못하고 외려 놈을 더 흥분시키고 말았다. 촉수들이 통로 벽을 두드리자 금속 합판이 종잇장처럼 우그러졌다. 곧이어 놈이 달려들었다.

촉수가 가이아의 목에 꽂히려는 찰나 온실 문이 열렸다. 마지가 가이아의 뒷덜미를 잡아챘고 둘은 한꺼번에 풀밭에 나동그라졌다. 그러자 놈이 문을 부서뜨리며 온실 안으로 날아들었다. 온실 복판까지 날아간 끈벌레가 쇳소리를 내며 출렁거렸다. 그제야 자신이 산소방에 들어왔다는 걸 깨달은 눈치였다.

"입구를 막아야 돼!"

마지가 창을 들고 일어나서 부서진 문 앞에 버티고 섰다.

"절대 못 나가!"

촉수 하나가 뻗어 나와 마지를 온실 구석으로 날려 버렸다. 원래대로라면 마지의 몸을 관통하고도 남았을 텐데 산소 때문에 놈의 시각이 온전치 않은 듯했다. 산소 농도만 유지된다면 끈벌레의 숨이 끊어지는 건 시간문제였다. 놈은 괴로운 듯 촉수를 떨며 온실 곳곳을 휘젓고 다녔다. 하지만 문이 부서진 탓에 매 순간 산소량이 줄어들고 있었다.

가이아는 방독면을 벗어 던지고 놈을 보았다.

그 순간 가이아의 머릿속에 물고기들이 떠올랐다. 물고기들은 아가미라는 신체 기관이 있어서 물속에서도 숨을 쉬었다고 했다. 가이아는 배낭에서 물병을 꺼내 들었다. '물고기들이 물속에서도 숨을 쉰다는 건 물에도 산소가 있다는 뜻이야!' 가이아는 물병 뚜껑을 연 다음 놈에게 힘껏 던졌다.

물이 닿자 놈은 불에 덴 것처럼 움찔거리다가 풀밭으로 추락했다. 효과가 있었다. 가이아는 옹달샘이 있는 곳으로 달려갔다. 하지만 물을 담을 만한 그릇이나 양동이가 없었다. 가이아는 겉옷을 벗어 옹달샘에 담갔다. 끈벌레가 쉿소리를 내며 가이아 쪽으로 기어 왔다. 가이아는 옹달샘 가장자리의 돌멩이를 젖은 옷으로 감싼 다음 놈에게 던졌다. 젖은 옷이 촉수 가닥에 들러붙자 놈이 몸부림쳤다.

가이아는 티셔츠도 벗어서 물에 담갔다. 하지만 젖은 옷을 던지기 전에 촉수 하나가 비스듬히 날아와 가이아를 날려 버렸다. 관목 군락 위로 떨어진 가이아는 몸을 일으킬 수가 없었다. 관목에 얼굴과 목덜미를 찔렸고 한쪽 팔도 부러진 것 같았다.

"으윽!"

가이아가 통증에 신음하는 사이 벌레가 다가왔다. 수십 가닥의 촉수가 한꺼번에 가이아의 몸을 더듬기 시작했다. 가이아를 죽이기 전에 이 인간이 자신에 대해 얼마나 알고 있는지 기억을 엿보려는 것이었다. 가이아는 눈을 감지 않으려고 기를 썼다. 촉수들 사이로 언뜻언뜻 매듭이 보였다.

'루툼 할아버지, 저놈을 자세히도 보셨던 거군요. 하지만 난 할아버지처럼 죽지 않을 거예요. 죽어야 한다면 이 징그러운 녀석과 함께 죽을 거예요!'

144

"실컷 엿봐! 내 눈에 네가 어떻게 보이는지 잘 보라고! 아주 면밀히 봐야 할 거야. 내가 아니어도 누군가 또 너를 관찰할 테니까. 오래오래 들여다봐. 그리고 여기서 죽어!"

가이아는 여태 손목에 감고 있던 젖은 티셔츠로 놈의 촉수 하나를 움켜쥐었다. 쇳소리와 함께 촉수들이 물러났다가 다시 가이아에게 달려들었다.

가이아는 몸에서 힘을 빼고 죽음을 기다렸다.

이끼밭의 가이아

　죽음은 무게로 체감되었다. 못 견디게 무거운 것이 가이아를 내리누르고 있었다. 거대한 촉수 한 가닥이 축 늘어진 채 가이아의 가슴팍에 걸쳐져 있었던 것이다.

　그리고 축축했다.

　"가이아! 가이아!"

　마지의 목소리였다.

　가까스로 눈을 떴더니 비가 내리고 있었다. 저게 비가 아니면 무어람. 가이아는 빗줄기를 향해 손을 뻗어 보았다. 돔 사람들은 비를 맞아선 안 되었다. 독성 물질이 녹아 있는 비는 인간의 피부와 식도, 폐에 고루 병증을 남긴다 했다. 하지만 저 가는 빗줄기는 시원하기만 했다.

　"우리 온실 돔에 있는 거랑 비슷한 스프링클러가 있

었어!"

마지가 가이아의 몸에서 촉수를 걷어 내며 말을 이었다.

"네가 옷을 적셔서 던지는 걸 보고 혹시나 해서 찾아 봤더니 정말로 있었어."

끈벌레가 촉수를 퍼덕이고 있었다. 이미 움직임을 멈 춘 촉수들도 있었다.

"지켜봐 줘, 가이아."

마지는 가이아를 관목에 기대 놓고는 놈에게 달려갔 다. 괴물의 몸통 위로 올라간 마지가 무언가를 치켜들 었다. 사냥꾼 오에노테라의 창이었다. 마지는 매듭 중 앙에 창을 꽂았다.

"캬하하학, 캬하학!"

놈의 쇳소리가 온실에 울려 퍼졌다.

마지는 창을 뽑았다가 다시 내리꽂길 반복했다. 창이 꽂힐 때마다 촉수도 하나씩 늘어졌다. 곧이어 스프링클 러가 꺼지고 엉킨 끈벌레의 쇳소리도 잦아들었다. 온실 에는 풀과 나무, 가이아와 마지, 본래 지구의 것이었던 생명들만 숨을 쉬고 있었다.

숨통이 끊기고 물성만 남은 끈벌레 위에서 마지가 울

부짖었다.

"엄마 아빠! 봤죠? 야로우 아주머니도 보셨죠? 제가 이 벌레를 사냥했어요!"

가이아도 엄마를 생각했다.

'엄마, 야자나무를 찾았어요.'

가이아는 엄마가 가져오겠다던 프로메테우스의 불이 뭔지 알 것 같았다. 그것은 은폐되었던 진실이었고 먼 땅으로 추방당했던 희망이었다.

정적을 깨는 기계음이 울렸다.

"산소 유출 방지 차폐막 가동!"

부서진 문 쪽 천장에서 유리 차단막이 내려왔다. 이 완벽한 정원은 스스로를 치유하기 시작했다.

가이아는 마지의 부축을 받으며 놈의 사체를 보러 갔다. 촉수들이 엉킨 중앙 매듭 부분에 뇌처럼 생긴 덩어리들이 촘촘하게 박혀 있었다. 윗부분들은 마지의 창에 곤죽이 돼 버렸지만 노르스름한 근막에 감싸인 하단은 본래의 형태를 유지하고 있었다. 덩어리의 개수는 촉수의 개수와 얼추 일치했다.

역시나 놈은 하나가 아니었다. 촉수마다 독립적인 사

고와 판단이 가능한 외래종이었다. 매듭 형태로 엉켜 있는 것은 그게 이 외래종의 생존에 도움이 되기 때문일 터였다. 생존에 유리한 방식을 선택하는 건 모든 종의 본성이다. 가이아는 매듭 부분에 꽂힌 마지의 창을 뽑아서 덩어리들의 정중앙에 깊숙이 찔러 넣었다. 그러자 놈의 매듭이 헐거워지기 시작했다.

가이아는 '매듭이 풀려도 큰일, 안 풀려도 큰일'이라던 루툼 씨에게 해 줄 말이 생겼다. '놈이 스스로 매듭을 풀어도 큰일이고 뒤엉킨 채로 남아 있어도 큰일이지만 인간은 반드시 그 매듭을 풀어야 해요.'

둥근 문을 열고 동굴로 나오자 여전히 매캐한 공기가 두 사람을 기다리고 있었다. 마지는 가이아의 방독면이 단단히 조여졌는지 다시 한번 점검해 주었다.

"집에 가자. 배고파 죽을 것 같다."

"나도. 딜라 언니가 구워 주는 시나몬 빵 먹고 싶어."

딜라 이야기가 나오자 마지는 잠시 먼 하늘을 보았다.

"어릴 적엔 나도 딜라 언니랑 친했었는데. 언니네 엄마가 우리 엄마 아빠를 찾으러 나갔다가 실종되면서 멀어졌어. 나랑 마주칠 때마다 그때 일이 생각나고 원망

스럽고 그랬을 테니까. 그래도 가이아 너를 지켜 주려던 언니의 마음은 진심이었다고 생각해."

"알아, 나도. 나를 얼마나 걱정하는지 알면서도 언니 몰래 나온 거야. 그래도 끈벌레를 잡았다고 하면 우리를 용서해 줄지 몰라."

"그래, 가서 다 이야기해 주자."

마지가 겉옷을 찢어 다친 팔의 어깨 걸이를 만들어 준 덕에 가이아도 몸을 펴고 걸을 수 있게 되었다. 비탈을 올라갈 땐 죽을 맛이었지만 철길에 들어서자 가슴이 뛰었다. 동굴은 벌써 이끼 숲에 가려져 보이지 않는데 가이아는 두어 번 더 뒤를 돌아보았다.

"죽을 때까지 도리깨질 같은 건 하지 않을 거야."

마지는 발밑을 더듬어 철길의 자갈들을 걷어찼다. 노란 포자 연기가 피어올랐다. 저 이끼들을 걷어 내고, 지구의 빗줄기가 다시 그 옛날의 풀들을 키워 내기까지는 많은 시간이 필요할 터였다. 하지만 가이아는 끈벌레의 죽음과 함께 새 시대가 이미 열렸다는 걸 알았다.

"난 구인류의 유적지를 복원할 거야. 거긴 원래 인간의 도시였으니까."

마지도 벌써 앞날을 그리기 시작했다.

구인류는 멸절한 게 아니라 신인류라 불리는 세대로 이어졌을 뿐이었다. 본래 지구의 것들로 외래종을 해치운 자동 온실은 구인류 우주인들과 신인류인 현자 쏠의 합작품이었다. 새 시대에는 구인류와 신인류의 구분도 사라질 것이다. 이제 노란색을 품은 새 이름을 고민할 필요도 없었다.

"난 죽을 때까지 가이아로 남을 거야."

천사의 영광을 드러내는 데 쓰인 이름들은 본래의 종들에 돌아갈 것이다. 망고는 망고 열매에, 야로우는 톱니 모양 잎을 가진 허브에, 헬리안투스는 태양을 닮은 꽃 해바라기에, 땅의 것들은 땅에, 하늘의 것들은 하늘에……

하늘엔 주인을 잃은 비행선이 검게 떠 있었다. 가이아와 마지는 한참이나 비행선을 올려다보다가 다시 걸음을 떼었다. 저 이물질도 언젠가는 동력을 잃고 추락할 것이다.

"그런데 끈벌레는 왜 돔을 짓게 하고 인간을 살게 했을까? 다 쓸어 버리면 지구를 독차지할 수 있었을 텐데."

마지가 물었다.

"매듭이 답이 아닐까? 그것들은 언젠가 때가 되면 매듭을 풀고 독립적으로 살아갈 계획이었을 거야. 그때가 다가오면 또 사람들의 머릿속에 설계도면을 넣어 줬을 거야. 이번에는 인간이 아니라 자기들이 살아갈 집을 지으라고."

"그럼 그 집이 완성되고 나면 신인류도 사라져야 했겠네."

"아마도."

철길이 끝나자 두 사람은 곧장 들판으로 접어들었다. 이젠 먼 유적지로 돌아갈 필요가 없었다.

하늘은 다시 열렸다.

"돌아가면 촌장님이 뭐라고 하실까? 설마 문을 안 열어 주시는 건 아니겠지?"

가이아가 물었다.

"한 달쯤 구금령을 내리시겠지. 그리고 삶은 감자와 딜라 언니가 구운 빵을 내 주실 거야."

마지의 말에 가이아는 촌장의 주름진 얼굴을 생각했다. 야단이야 치겠지만 야로우가 실패한 일을 가이아가 해낸 걸 알면 가장 좋아해 줄 것 같은 사람이 촌장이었다.

바람이 이끼를 훑고 지나갔다. 인간이 도리깨질을 하지 않아도 바람이 노란 이끼를 돌보고 있었다.

바람을 다시 길들일 거야. 본래 지구의 것들이 실컷 들이마실 수 있는 바람으로 만들 거야. 그래서 이 땅을 본래의 주인인 공벌레와 땃쥐, 인간들에게 돌려줄 거야!

가이아는 이끼밭을 가로질렀다.

『매듭: 외래종의 이름』을 펴내며

오래전 세상을 떠난 헬리안투스 촌장을 언급하지 않을 수 없다.

나와 마지가 돔으로 돌아온 날, 촌장은 사람들을 파견하여 '천사'의 사체를 확인하도록 했다. 남은 사람들 절반은 천사의 죽음을 믿지 않았고, 나머지 절반은 천사의 죽음을 노여워했다. 나와 마지는 회합실에서 어른들의 처분을 기다리며 딜라가 구운 빵을 먹었다.

촌장은 파견된 자들이 돌아오기 전에 우리를 찾아왔다.

"내가 해 줄 말은 우리는 또 살아가리란 것뿐이다. 동굴에 간 자들이 어떤 답을 가지고 와도 한바탕 소요가 일 게다. 진실은 언제나 부대끼는 법이거든."

촌장은 나를 벌하는 대신 '엉킨 끈벌레'에 관한 모든

것을 기록하도록 했고, 그게 내가 『외래종: 천사의 죽음』이라는 책을 쓰게 된 경위다. 그 책이 많은 이들에게 읽히길 바랐으나 실상은 그러지 못했고, 앞으로도 별반 다르지 않을 것이다. '부대끼는 진실'을 담은 책들은 본래 인기가 없다.

『외래종: 천사의 죽음』을 펴낸 지 70년 만에 그 책의 속편을 쓰기로 한 데에는 두 가지 이유가 있다. 우선은 최고의 유적지 복원가이자 진실의 사냥꾼이었던 마지가 세상을 떠났기 때문에 책상에 앉아 뭐라도 쓰지 않으면 슬퍼서 견딜 수가 없는 탓이다. 두 번째는 최근 우리 돔의 젊은이들이 마천루 유적 뒤편 황무지에서 풀벌레 두 종류와 보라색 풀꽃 군락지를 발견하는 성과를 냈기 때문이다. 그래서 나는 슬픔과 기쁨이 뒤엉킨 채로 『매듭: 외래종의 이름』을 쓰게 되었다.

늙은이의 책이라 하여 지난날의 소회가 곁들여졌으리라 기대하진 마시라. 이 원고는 외래종의 죽음 이후 70년간 토양 성분과 대기의 산소 농도 변화, 속속 귀환하고 있는 지구의 벌레와 풀에 관한 무미건조한 기록이다. 하지만 신임 촌장이 한 줄이라도 좋으니 이 책의 정신을 요

약할 만한 문장을 만들어 달라고 거듭 부탁해 온 터라, 본문이 아닌 작가의 말에다 짤막하게 남기는 바다.

매듭이 풀려도 큰일, 안 풀려도 큰일이지만 많은 사람들이 부대끼는 진실에 손을 뻗어 매듭을 풀고자 했다.

– 『매듭: 외래종의 이름』 작가의 말에서

나의 가이아들에게 -작가의 말

　헤시오도스의 『신통기』에 따르면 천지창조는 대지의 여신 가이아가 하늘의 신 우라노스를 만드는 것으로 시작된다. 여신의 천지창조는 우라노스, 크로노스, 제우스에 이르는 남성 신들의 권력 다툼에 가려져 점점 잊혀갔다. 어려서부터 늘 그 점이 안타까웠고, 작가가 된 후로 언젠가는 가이아라는 창조자가 등장하는 작품을 쓰리라 다짐하며 살아왔다. 그리고 씨드북으로부터 '소녀들을 위한 SF'를 써 달라는 제안이 왔을 때 '가이아'라는 이름을 꺼내 쓸 때가 왔다는 걸 알았다. 『이끼밭의 가이아』는 그 오랜 꿈을 담아낸 작품이다.

　외래종이 뿌린 노란 이끼로 대멸종을 겪은 지구. 그 폐허를 딛고 새로운 시대를 여는 일을 '가이아'라는 열일곱 살 여자아이에게 맡겼다. 독성 가스를 품은 바람을 다시 인간이 호흡할 수 있는 바람으로 길들이는 일, 노란 이끼밭이었던 땅을 초록빛 싹을 틔우는 땅으로 바꾸는 일, 가이아가 그 일들을 해 주길 바랐다. 창조는 무에서 유를 만드는 것만이 아니라 폐허를 갈아엎고 세상의 본질을 바꾸는 일이기도 하니까.

그리고 매듭이라는 이름의 외래종…….

삶의 공포를 은유하는 데 괴물이라는 장치보다 매력적인 것도 없다. 엉켜 버린 인간관계와 과제들, 자신은 감추면서 타인은 파헤치려는 눈길들, 무례하게 접근하는 사람들. 나를 공포로 몰아가는 것들을 조합하다 보니 어느새 하늘에는 회색 끈벌레 하나가 떠 있었다. 그리고 인류를 파국으로 몰아간 '매듭'을 현자 쪽에서 야로우, 가이아와 마지로 이어지는 여성들의 상속과 연대로 풀 수 있어서 즐거웠다. 남신들의 계보에 밀려났던 가이아의 자리를 되찾은 기분이었다.

이 작품의 초고를 쓸 즈음 나도 노란 이끼밭을 지나고 있었다. 심리적·정신적 어려움이 호흡 곤란이라는 신체 반응으로 나타나고 작가로서 책을 내는 일에도 두려움을 느끼던 시기였다. 포기하고 싶었고, 엉킨 끈벌레가 내 세상을 휘젓고 다니건 말건 내버려 두고 싶었다. 감사하게도 최상아, 이선주 두 작가님이 믿음과 격려로 곁을 지켜 주었다. "작가님들 덕에 이 책이 세상에 나올 수 있었습니다."

아직 이끼밭을 다 건너진 못했다. 하지만 나의 바람을 길들이며 새 이야기들을 준비하고 있다. 내 안의 무언가가 무너졌을 때, 그때가 창조의 최적기라고 생각한다. 이 책을 읽은 독자들도 삶의 엉킨 매듭을 풀고 자신을 위한 새 땅을 열기를 빈다.

나의 가이아들에게 사랑과 응원을 보낸다.

봄날의 이끼밭에서, 작가 최영희

이끼밭의 가이아

초판 인쇄 2023년 5월 18일 **초판 발행** 2023년 5월 18일

지은이 최영희

펴낸이 남영하 **편집** 전예슬 김주연 김가원 **디자인** 박규리 **마케팅** 김영호 변수현

펴낸곳 ㈜씨드북 **주소** 03149 서울시 종로구 인사동7길 33 남도빌딩 3F **전화** 02) 739-1666 **팩스** 0303) 0947-4884

홈페이지 www.seedbook.co.kr **전자우편** seedbook009@naver.com **인스타그램** instagram.com/seedbook_publisher

ISBN 979-11-6051-495-7(43810)

ⓒ 최영희, 2023